L'ÉNIGME DE LA PHOTO JAUNIE

Grandad's Journey : A Holocaust Mystery
de Bernard S. Wilson

Traduction libre de
Marianne Seidler Golding

MP
Marigolde Publishing

*Texte original Grandad's Journey : A Holocaust Mystery (2019)
de Bernard S. Wilson*

Traduction libre de Marianne Seidler Golding (2022)

Marigolde Publishing

Conception du livre : Jeff Altemus, Align Visual Arts

ISBN 979-8-9859004-1-5

À Jules Wilson Tixier et à tous les enfants qui doivent savoir et ne pas oublier…

PRÉFACE

En commençant à retracer les pas de mon père, de son enfance en Tchécoslovaquie à sa vie de réfugié en France et en Suisse, j'ai eu la chance de lire *Grandad's Journey: A Holocaust Mystery* de Bernard S. Wilson (2019). Ce roman, inspiré de la vie de Ronald Friend, survivant du camp de Rivesaltes, contient de nombreuses similarités avec les événements vécus par ma propre famille et mentionne certains endroits où mon père et sa sœur ont pu eux-mêmes trouver refuge pendant la guerre. Le roman raconte l'histoire d'Emma, une lycéenne irlandaise dont le professeur d'histoire donne comme devoir à ses élèves de retrouver leurs racines familiales. Elle va découvrir un passé dont son grand-père, adopté pendant la guerre, ignorait tout lui-même jusque-là.

Bernard S. Wilson m'a accordé l'autorisation de traduire librement son texte, dans le but de faire découvrir des événements souvent mal connus des jeunes aujourd'hui. Dans un style simple et fluide, *L'Énigme de la photo jaunie* permet au lecteur de se familiariser avec une multitude de faits concernant la Shoah, le gouvernement de Pétain et la guerre d'Espagne.

Qui mieux que deux « enfants de la guerre », aujourd'hui professeurs émérites, Ronald Friend (Stony Brook University, New York), enfant du camp de Rivesaltes, et Rose Duroux (Université Clermont Auvergne), enfant de la Retirada, pour nous inviter à lire ce roman ?

« C'est moi, me confie Ronald, qui, à l'âge de deux ans, ai été sauvé par Mary Elmes, et qui suis la source d'inspiration de *L'énigme de la photo jaunie*. Dans ce roman, Bernard S. Wilson illustre de façon saisissante et avec précision la situation et les difficultés terribles dans lesquelles se sont trouvées les familles espagnoles et juives, comme la mienne, pendant la Seconde Guerre mondiale. L'histoire de l'héroïsme de Mary Elmes, qui a sauvé des enfants juifs d'une mort certaine, est dépeinte de manière passionnante sous la forme d'un mystère. Elle devrait intéresser tous ceux qui souhaitent en savoir plus sur les politiques génocidaires d'Hitler dans la France de Vichy et sur ceux qui, comme Mary Elmes, ont fait preuve d'un tel courage. »

Quant à Rose Duroux, elle partagea le sort de près d'un demi-million de réfugiés qui traversèrent les Pyrénées en 1939, dans des conditions terribles. Ils furent loin de trouver l'accueil auquel ils s'attendaient. Rose a très bien connu Mary Elmes pendant les dix dernières années de sa vie, ainsi que sa collègue et 'complice', Alice Resch Synnestvedt. Toutes deux ont joué un grand rôle dans le sauvetage des victimes de la Guerre civile espagnole et de la Seconde Guerre mondiale.

L'énigme de la photo jaunie, commente Rose Duroux, est une enquête à suspense : « il s'agit de percer le mystère d'une photo exhumée deux générations plus tard. La narration tresse deux catastrophes du XXe siècle, la Shoah et la Retirada. Et ce à travers l'itinéraire bien réel de Mary Elmes, héroïne irlandaise récompensée par Yad Vashem. Avant de sauver des dizaines d'enfants juifs des camps, ajoute Rose Duroux, Mary Elmes risqua sa vie pendant la Guerre civile espagnole. Dès 1937, elle soigna des enfants le long de "la route de la mort" entre Málaga et Almería puis les suivit, d'hôpital quaker en hôpital quaker, jusqu'au camp de Rivesaltes où l'attendait une autre tragédie puisque ce camp devint bientôt l'effroyable pourvoyeur d'Auschwitz. Et Rose de conclure : « Animé à la fois par une volonté historienne et une volonté fictionnelle, l'auteur choisit de reconstituer le sauvetage de deux enfants juifs. Ce sont les petits-enfants qui mènent l'enquête. Peu à peu, les pièces du puzzle s'imbriquent. »

Réfugiés, Internement ne sont malheureusement pas des termes relégués au passé, mais encore bien présents aujourd'hui. Bernard Wilson nous le rappelle avec un roman engagé et engageant que les jeunes et les moins jeunes liront d'une traite.

Marianne Seidler Golding, professeur, Southern Oregon University

CHAPITRE UN
Les devoirs d'Emma

Cobh, Irlande, 2019

Martin White jette un œil sur l'horloge accrochée au mur de la salle de classe. Il a juste le temps de présenter le dernier sujet des devoirs à faire pendant les vacances de printemps.

— Choix numéro trois, dit-il. Ceux qui ne s'intéressent pas trop aux numéros un ou deux trouveront celui-ci peut-être plus à leur goût. Je vous lance le défi de découvrir l'histoire de votre famille ! L'histoire, ça ne concerne pas uniquement des dates et des rois, des *Taoiseachs*[1], par exemple. C'est *votre* histoire, et celle de gens comme vous.

Il se lève de son bureau et commence à marcher dans la salle de classe, se déplaçant entre les pupitres :

— Ce défi consiste à retrouver vos ancêtres, qui ils étaient et ce qu'ils

---

[1] Le premier ministre de la république d'Irlande

faisaient. Où ils habitaient, d'où ils venaient. Combien d'enfants ils avaient. Quelle sorte de vie ils menaient. Quand vous aurez accompli cette tâche, vous serez capables de vous situer dans le contexte de l'histoire. Vous pourrez comprendre votre place dans l'histoire de ce petit coin de la planète !

Il s'arrête à côté d'un pupitre d'un des premiers rangs de la classe.

— Tu n'as pas encore fait ton choix, n'est-ce pas, Emma ? Est-ce que celui-ci te plaît ?

— Je n'y ai jamais vraiment pensé, admet-elle.

Emma Collins, tout comme les autres jeunes de la classe, n'a que seize ans et s'intéresse davantage au présent qu'au passé. Mais les cours d'histoire de Monsieur White lui plaisent bien. Il est plus jeune que la plupart des enseignants de l'école, pas bien plus âgé qu'elle, se dit-elle. Peut-être est-ce pour cela qu'elle ne trouve jamais ses cours ennuyeux ou pénibles. Il sait rendre ses leçons vivantes. Il ne donne jamais que des listes de faits à mémoriser, mais présente au contraire des idées provocantes qui la font se questionner sur ses propres opinions.

— Combien d'entre vous ont déjà vu l'émission '*Who Do You Think You Are ?*'[2] ?

Il s'adresse à toute la classe à présent. Quelques mains se lèvent.

— Elle vous a plu ? Oui, John ?

John Braddock, un grand jeune assis au fond de la classe, répond :

— Elle n'est pas mal, mais il n'y a que des célébrités. Ce ne sont pas des gens ordinaires comme nous. Je n'arrive pas à m'identifier à leurs histoires.

---

[2] Une émission télévisée britannique. Dans chaque épisode, une personnalité trace son arbre généalogique avec l'aide d'un historien.

Cette remarque provoque un léger grognement de la part des autres élèves. John a la réputation d'être plutôt contrariant !

— Eh bien, voilà justement l'occasion, dit le professeur d'histoire. Découvre ce qui se trouve à l'origine de *ta* propre famille !

Quelques minutes plus tard, le cours terminé, Emma se tient devant le bureau du prof :

— Comment je peux commencer ? demande-t-elle.

— Tu vas commencer par parler avec quelqu'un de ta famille, ton grand-père, par exemple. Il faut que tu puisses remonter à 1911. Les parents de ton grand-père étaient sans doute en vie à cette époque-là. Il pourra te dire leur nom, où ils habitaient et quand ils sont nés. J'imagine que ton grand-père est toujours en vie, non ?

— Oui, et il va bien ! Et il habite à moins de deux kilomètres d'ici, alors ça sera facile. Mais qu'est-ce que je dois faire quand j'aurai ces renseignements ?

— C'est là que l'année 1911 devient importante ! Tous les dix ans, quand l'année finissait par un '1', il y avait un recensement national. On les gardait secrets pendant 100 ans, donc le dernier qu'on trouve est celui de 1911. Si tu as encore cinq minutes, je te montre quoi faire !

Rentrant à pied toute seule pour une fois, Emma réfléchit au défi lancé par son prof. Ça pourrait être intéressant, amusant même. Et utile aussi. Elle finira par en savoir plus sur sa famille ; quel genre de personnes ils étaient. Peut-être découvrira-t-elle d'où ses talents artistiques lui viennent ? Elle est douée en art, alors que Maman et Papa sont incapables de dessiner quoi que ce soit de reconnaissable. Surtout Papa ! Ça crée parfois des tensions quand ils jouent au

Pictionary. Personne ne veut être dans son équipe !

Elle essaie de s'imaginer à quoi pouvait ressembler la vie de ses ancêtres en 1911. Où habitaient-ils ? Étaient-ils aisés ou de pauvres ouvriers d'usine ou peut-être des ouvriers agricoles travaillant à toute heure et vivant dans des baraques sans eau ni électricité ? À quelles sortes de problèmes avaient-ils dû se confronter ? Soudain, Emma se sent emplie d'une curiosité brûlante : elle a hâte de commencer. Ce qui veut dire qu'elle doit aller voir Grand-père. C'est samedi demain. Elle se rendra donc chez lui demain !

La famille d'Emma prend son dîner à 18h, quand son père rentre du bureau qui est situé dans le centre de Cork. Sa mère travaille dans une école maternelle qui ne se trouve pas trop loin de leur maison, alors elle a tout le temps de rentrer et de préparer le repas. Cependant, le weekend, son père insiste pour faire la cuisine, avec l'aide d'Emma et d'Andrew, son frère aîné.

Mais aujourd'hui, elle n'a pas la tête à faire la cuisine ; elle se demande déjà comment elle va aborder le sujet de sa famille avec son grand-père. Elle est généralement plutôt pour l'idée de discuter de ses projets avec ses parents pendant le dîner, mais cette fois-ci quelque chose la retient. Elle se dit qu'elle gardera tout ça pour elle jusqu'à ce qu'elle avance un peu sur ce projet. Ce sera juste Grand-père et elle pour commencer. Son grand-père a toujours joué un grand rôle dans sa vie. Petite, elle appréciait les séjours chez ses grands-parents, avec leur immense jardin à la campagne. Mais ça c'était du vivant de Grand-mère ; maintenant, son pauvre vieux grand-père est tout seul et il a emménagé dans un petit appartement à vingt minutes de chez eux.

— Tu es bien silencieuse ce soir, Emma ! remarque son père. Il la regarde trifouiller son *sheperd's pie*[3] dans son assiette avec sa fourchette. Quelque chose te préoccupe ?

---

[3] hachis Parmentier

— Oui, un secret (enfin, plus ou moins), en tout cas pour l'instant. Il faut que j'en parle à Grand-père. Je crois que je passerai le voir demain à vélo.

— On devrait l'inviter à manger ici ce weekend, dit maman en levant la tête. Ça fait un moment… Invite-le donc ici dimanche. Appelle-le, comme ça tu n'auras pas besoin d'y aller demain. Tu pourras lui parler ici.

Emma secoue la tête :

— Non, je le lui demanderai, bien sûr, mais je veux lui parler toute seule d'abord. J'ai besoin de son aide avec un truc que je fais pour l'école. Je vous raconterai ça quand j'en aurai parlé avec lui.

— D'accord, répond papa. Mais ne l'embête pas avec des questions trop compliquées, d'accord ? Il n'est plus aussi jeune qu'avant, et il n'est plus le même depuis que ta grand-mère nous a quittés.

Il est onze heures quand Emma arrive samedi matin à l'appartement de son grand-père, Alan Collins. Elle le trouve en train de regarder par la fenêtre du deuxième étage. Les visites de sa petite-fille lui font toujours plaisir, bien qu'elles soient moins fréquentes que par le passé. Il se rend compte, naturellement, qu'elle a assez à faire entre l'école, ses devoirs, et toutes les autres activités des jeunes d'aujourd'hui. Il est content de la savoir bien occupée, au lieu de traîner dans les parcs, de fumer ou de faire des bêtises comme certains. Il a bien plus de soixante-dix ans maintenant et trouve la vie plutôt difficile sans Doreen, sa femme, qui est morte d'un cancer il y a cinq ans. Mais la famille de son fils a toujours été là pour lui quand il en avait besoin, et parfois même quand il n'en avait pas besoin ! Comme maintenant, par exemple. Il avait prévu de travailler une ou deux heures ce matin dans le petit potager attenant à son appartement, mais ça attendrait bien, si sa chère Emma avait besoin de lui !

Il ouvre la porte et l'embrasse : « Quel plaisir de te voir, Emma, entre donc ! » Il avait déjà mis l'eau à chauffer et place maintenant les deux tasses de thé sur la petite table dans le coin. Emma aurait préféré un coca light, mais Grand-père n'en avait certainement pas !

Après avoir répondu aux petites questions habituelles (« Comment va ta mère ? Comment ça va à l'école ? »), Emma détourne la conversation sur le sujet qui l'amène chez son grand-père.

— Je suis contente que tu aies mentionné l'école, parce que c'est pour ça que je voulais te voir. J'ai besoin d'aide avec le projet d'histoire que je pense faire.

Le vieil homme fronce les sourcils :

— Ça n'a jamais été mon point fort ! Ça m'étonnerait que je puisse t'aider beaucoup, là !

— Eh bien, en fait, tu es le seul qui puisses m'aider ! Si tu ne peux pas, le projet tombe à l'eau. Tu vois, il s'agit de l'histoire de notre famille ; je dois la retracer – enfin, celle de *ta* famille – aussi loin que possible.

Alan regarde sa petite-fille, l'air surpris. Il ne s'attendait surtout pas à ça ! Après quelques secondes de silence, il dit :

— Si tu veux mon avis, tu devrais plutôt te pencher sur la famille de ta mère.

— Non, il faut que ce soient les Collins, répond Emma. Mon prof dit que c'est beaucoup plus facile de suivre la lignée du côté paternel parce qu'il n'y a pas le problème des changements de noms à chaque fois que quelqu'un se marie.

Son grand-père se lève et se rend à la fenêtre. Lui tournant le dos, il contemple les champs de l'autre côté de l'allée étroite. Puis il se retourne et la regarde droit dans les yeux :

— Chérie, lui dit-il, tu sais que je suis toujours prêt à faire tout ce que tu me demandes, quand ça m'est possible. Mais cette fois-ci, c'est quelque chose que je ne suis pas en mesure de faire. Comme je te l'ai dit, essaie avec la famille de ta mère ; je suis sûr que ta grand-mère Alice serait ravie de sortir tous ses albums de photos et de tout te raconter sur ses riches ancêtres !

— Que tes ancêtres soient riches ou pauvres n'a aucune importance, Grand-père ! Mon prof d'histoire dit que, si on remonte jusqu'au début du règne de la reine Victoria, on va forcément trouver des gens formidables dont on est fier et d'autres pas ! C'est le but de ce projet. De voir de quel mélange chacun de nous est fait. Tu te rends compte que ça ferait environ sept générations et que ça voudrait dire à peu près soixante-quatre ancêtres différents ? Et ça, ce n'est que de ton côté de la famille !

Alan Collins vient s'asseoir en face d'Emma.

— Ma chérie, je ne peux pas t'aider ! Tu vois, je ne sais pas qui étaient mes parents. Je ne les ai pas connus. J'ai été adopté quand j'étais très jeune. Je n'en parle jamais, parce que ça ne compte pas beaucoup pour moi. En ce qui me concerne, Maman et Papa étaient les gens qui m'ont élevé. S'il y avait quelqu'un avant eux, je ne l'ai jamais su et je ne veux pas le savoir maintenant. Alors sois gentille, accepte qu'il n'y ait rien que je puisse t'apprendre.

Emma se sent tout à coup coupable en se rappelant que son père l'avait prévenue de ne pas embêter son grand-père. En même temps, elle est tellement stupéfiée en apprenant que son grand-père ne sait pas qui étaient ses parents qu'elle ne peut s'empêcher de demander :

— Papa sait que tu as été adopté ?

— Oui, bien sûr. Et ton oncle Ben aussi. Je le leur ai dit quand ils avaient à peu près ton âge. Ça ne les a pas dérangés. À cette époque, personne ne savait grand-chose sur la vie avant celle de leurs parents, et encore moins avant celle de leurs grands-parents. Il n'y avait pas d''Intermachinchose' pour rechercher ce genre de renseignements comme aujourd'hui. Et je ne l'aurais peut-être jamais su sans ce tournoi de foot !

Emma s'exclame avec surprise :

— Quel tournoi de foot ?

Son grand-père répond d'un air contrarié :

— J'avais vingt-deux ans. Je jouais dans l'équipe du village depuis un ou deux ans. On avait invité une équipe de France à venir jouer. C'était un de ces jumelages. Je ne sais pas comment ils sont venus, il n'y avait pas de ferry comme maintenant. Ils ont dû prendre l'avion. Quoi qu'il en soit, ils nous ont invités à leur tour, quelque part près de Roscoff. Et je devais me munir d'une carte d'identité ou d'un passeport. Peu de gens en avaient à cette époque. Je n'étais jamais parti à l'étranger. Personne d'autre de mon âge non plus ! Eh bien, pour obtenir un passeport, il me fallait un acte de naissance. Alors j'ai demandé à ma mère si elle savait où il était. Elle a éclaté en sanglots ! Elle a dit qu'elle redoutait le jour où elle serait obligée de m'avouer qu'elle n'était pas ma vraie mère !

— Qu'est-ce qui s'est passé ensuite ?

— Eh bien, il n'y avait pas d'acte de naissance, en tout cas rien qui en avait l'air. J'ai dû me servir des papiers d'adoption, et ça a pris tellement de temps à organiser que j'ai fini par rater le voyage en

France ! Mes pauvres vieux parents avaient dû me dire qu'ils n'étaient pas vraiment mes parents, et tout ça pour rien, en fin de compte !

Emma essaie de mieux comprendre ce développement inattendu.

— Alors tu n'as aucune idée de qui sont tes parents naturels ? Les papiers d'adoption ne t'ont rien appris ?

Le vieil homme secoue la tête :

— Non, ils indiquent simplement que j'avais environ trois ans au moment de l'adoption et que j'avais été dans une espèce d'établissement avant ça. Et c'est tout !

— Tu ne voulais pas savoir ?

— Comme je te l'ai dit, c'était il y a longtemps, et tout était différent à cette époque-là. C'était à la fin de la deuxième guerre mondiale. J'imagine que j'étais ce qu'on appelle un 'bébé de la guerre', peut-être l'enfant d'une pauvre fille pas beaucoup plus âgée que toi et d'un soldat des États-Unis ou du Canada, ou de plus loin encore. Même si j'avais pu retrouver ma mère, il n'y aurait eu aucun espoir de savoir qui était mon père. Et tu dis que c'est sur mon père – biologique, je veux dire – que tu veux en savoir plus ?

— Si je veux retracer la famille Collins, oui ! Parce que c'est…

Elle se tait un instant, et puis, regardant son grand-père les yeux écarquillés, elle s'écrie :

— Mais je ne suis pas une Collins, hein ? Tu n'es pas un Collins non plus ? Ni papa ! Je ne peux pas le croire ! Je suis qui ? Quel est notre vrai nom ?

Son grand-père se lève, la prend un instant dans ses bras et puis lui dit :

— Va donc à la cuisine nous chercher des biscuits ; je vais dans la chambre d'amis une minute. Et en ce qui te concerne, tu es Emma, ma charmante petite-fille, et ce que ton nom de famille est ou aurait pu être n'a pas la moindre importance !

Après quoi il sort de la pièce et disparaît dans le couloir.

Quelques instants plus tard, alors qu'Emma place des biscuits dans deux petites assiettes, elle entend un bruit provenant de la chambre d'amis comme si on traînait quelque chose par terre. Au moment où elle décide d'aller voir ce que fait son grand-père, elle l'entend revenir vers elle. Il entre dans la cuisine tenant une boîte fermée avec de la ficelle. Il la pose sur la table, défait la ficelle et en sort une enveloppe jaune :

— Voici des photos que mon père a prises de moi quand il m'a adopté. C'est moi, le petit gars, et ça c'est ma mère qui me tient dans ses bras.

Emma prend la photo et l'examine longuement.

— Ta mère (enfin, celle qui t'a élevé) a l'air bien vieille pour avoir un enfant si jeune.

— Elle devait avoir la quarantaine. Mais Papa était beaucoup plus vieux, lui. Sans doute la cinquantaine. Tiens, le voilà, regarde !

Il tend une autre photo à Emma. On y voit un homme d'un certain âge assis dehors sur une chaise, la tête couverte d'un mouchoir noué.

— Il n'était pas en très bonne santé. Il avait été dans l'armée britannique pendant la première guerre mondiale ; il a eu de la chance de s'en sortir vivant. Il était dans les tranchées et a vu des choses terribles dont il ne s'est jamais vraiment remis. Mais, comme tu le sais maintenant, il ne s'agit pas de mon père biologique !

Emma ramasse un morceau de carton tombé de l'enveloppe. Elle le retourne et l'examine. D'un côté, il y a ce qui semble être l'image déteinte d'une petite maison avec deux personnes près de la porte, mais il en manque une partie, comme si on l'avait déchirée. De l'autre côté, il y a quelque chose d'écrit qu'elle n'arrive pas à déchiffrer.

— Qu'est-ce que c'est, Grand-père ? C'est une photo ?

Il la lui prend des mains, ajuste ses lunettes et la regarde attentivement.

— Je m'en souviens, dit-il. Je me souviens de l'avoir mise ici avec ces autres photos, il y a bien longtemps. C'est quelque chose que j'ai trouvé quand j'ai vidé la maison après la mort de ma mère, pas mal de temps avant que tu ne sois née. Je n'ai aucune idée de ce que ça pourrait être. Je ne reconnais ni l'endroit ni les gens. Il y avait des mots écrits dans une langue étrangère au dos, si je me souviens bien, mais je n'arrive plus à les lire !

Sa petite-fille se lève et regarde par-dessus l'épaule de son grand-père.

— Il y a quelque chose d'écrit, là, dit-elle, mais c'est trop effacé pour qu'on puisse le lire. Je peux rapporter la photo chez moi pour la montrer à Papa ?

— Attends ; on va mieux la regarder, d'abord.

Tout en disant cela, il ouvre un tiroir et en sort une grande loupe. Après avoir essayé de déchiffrer les lettres, il la passe à Emma.

— Ça ne sert à rien, dit-il. C'est impossible à lire. Je ne sais même pas pourquoi je l'ai gardée. Je n'ai jamais réussi à comprendre ce qui était écrit.

Mais Emma ne partage pas son avis :

— Laisse-moi la rapporter chez moi, insiste-t-elle. Peut-être qu'Andrew saura quoi faire avec.

Le vieil homme soupire :

— Bon, eh bien d'accord. Allons nous asseoir maintenant et tu continueras à me raconter comment ça se passe à l'école.

CHAPITRE DEUX
Le code

Monsieur et Madame Collins sont déçus par leur fille. Elle a dérangé son grand-père en lui posant des questions indiscrètes qui l'ont forcé à lui dire qu'il avait été adopté. Cela avait toujours été un secret et Alan Collins ne voyait aucun intérêt à ce que ses enfants le sachent. Alors Emma s'est bien fait gronder avant de se coucher et n'a pas mentionné à ses parents le bout de papier cartonné déchiré avec la photo et le message indéchiffrable.

Le lendemain, Grand-père arrive pour le déjeuner, mais personne ne mentionne les événements de la veille. Après ce qu'ils lui ont dit, Emma ne se sent pas le courage de montrer à ses parents la photo avec les inscriptions mystérieuses, et son frère Andrew est parti faire du camping avec des amis. Il a dit qu'il ne rentrerait que dimanche soir assez tard. Elle doit donc attendre patiemment qu'il revienne pour la lui montrer.

Le lundi suivant à l'école, elle dit à son professeur d'histoire qu'elle ne pourra sans doute pas réaliser le projet sur les origines de sa famille. Il se montre compréhensif, mais suggère qu'au lieu de parler de l'histoire de son père, elle retrace la famille de sa mère. Cependant, têtue comme elle est, Emma hésite. En fait, elle se rend compte qu'elle n'est pas prête à capituler si vite ! Dans son sac, elle a encore la vieille photo jaunie et elle tient absolument à en résoudre le mystère.

Pendant la récré de l'après-midi, elle la montre à son frère qu'elle n'a pas encore vu depuis son retour :

— Grand-père ne reconnaît ni l'endroit ni les gens, dit-elle, mais d'après toi, qu'est-ce qu'il y a écrit derrière ?

Il regarde la photo en pleine lumière, mais sans succès :

— Tu as essayé de lire le texte sur l'ordi avec un correcteur ? demande-t-il.

— Quoi, tu veux dire comme la police ? Avec les images floues des *CCTV*[4]?

— Oui, quelque chose comme ça. On pourrait faire ça avec *Photoshop* et puis manipuler le texte avec différents paramètres pour essayer de mieux voir !

— D'accord, essayons. On se retrouve dans la salle d'informatique après l'école !

Une heure plus tard, ayant obtenu la permission d'utiliser le scanner, ils regardent l'image de l'écriture étrange sur l'ordinateur. C'est toujours illisible, mais au fur et à mesure qu'Andrew utilise les touches de variance de luminosité et de netteté, on arrive à voir la forme de certaines lettres.

---

[4] vidéo de surveillance

— Je crois qu'on peut essayer de deviner, dit-il enfin. Il y a des lettres qui sont bien claires maintenant, et, pour les autres, il faudra procéder par tâtonnements jusqu'à ce qu'on trouve quelque chose de logique.

— Mais ce n'est pas de l'anglais, hein ? rétorque sa sœur.

— Contente-toi d'écrire les lettres que je lirai à haute voix. Après ça, on verra si on y comprend quelque chose. Les deux premières lettres restent vraiment difficiles à déchiffrer ; je crois que c'est un F et un P, mais je n'en suis pas sûr. Et puis après, il y a un I, un C et un K, et ça, j'en suis sûr. Ensuite on dirait à nouveau un P, suivi de 'AUCH'. Souligne les lettres que je ne fais que deviner.

Quelques minutes plus tard, ils regardent ensemble les résultats de cet effort :

F P I C K P A U C H P I V F S A L T F S I L O T K

— Il y a des mots anglais là, dit Andrew. Regarde, il y a *pick*, *salt* et là, *silo*. Et Auch n'est pas de l'anglais, mais c'est une ville en France, je crois. Et Pau aussi !

— Mais ça ne veut rien dire, objecte Emma. Et bien sûr, on ne peut même pas être certains des six lettres que j'ai soulignées. Tu crois que c'est un code ?

Mais Andrew ne l'écoute pas. Il vient de voir Monsieur White passer dans le couloir et se lance vite après lui. Quelques instants plus tard, ils rejoignent tous les deux Emma devant l'écran de l'ordinateur dans la salle d'informatique.

Emma montre le bout de carton à Monsieur White et lui explique comment ils ont réussi à déchiffrer la plupart de son contenu.

— Vous voyez ce que ça pourrait signifier ?

— Eh bien, jetons un coup d'œil à cette photo d'abord. On dirait qu'elle ne date pas d'hier ! Elle doit avoir environ cent ans, voire plus. Regardez le style des vêtements que ces gens portent ! Je ne pense pas qu'elle ait été prise en Irlande non plus. Ce n'est pas une maison irlandaise, mais plus vraisemblablement une maison d'Europe de l'Est, à mon avis. C'est très intéressant, en tout cas ! Cela pourrait même être une des premières photographies, une de celles que les gens prenaient avec les appareils rudimentaires qui commençaient à se vendre à cette époque-là. Les photos étaient en noir et blanc bien sûr et nous paraîtraient aujourd'hui de très mauvaise qualité. Voyons maintenant ce que ces quelques mots peuvent nous apprendre !

Il examine la photo et regarde à nouveau ce que les deux élèves ont écrit.

— Vous pouvez m'en dire davantage sur ce bout de carton ? Où vous l'êtes-vous procuré ?

Alors, Emma se met à lui expliquer l'enveloppe jaune avec les vieilles photos appartenant à son grand-père, et la façon dont celle avec les lettres écrites au dos avait été cachée pendant des années. Elle demande à nouveau :

— Vous y comprenez quelque chose ? Qu'est-ce que ça veut dire ?

Monsieur White prend une chaise et s'assied devant l'ordinateur :

— Il y a un mot qui ressort. Il n'est pas écrit correctement, mais vous avez dû deviner certaines lettres, n'est-ce pas ? Si les F sont en réalité des E et le P est un R, alors on a le mot 'Rivesaltes'.

— Et qu'est-ce que ça veut dire ? demande Andrew.

— Tu ne sais pas ? Tu ne te souviens pas être tombé sur ce mot récemment ? Réfléchis bien !

Emma et son frère se regardent. Andrew s'en souvient tout à coup :

— La Journée en mémoire des victimes de la Shoah ! On en a entendu parler ce jour-là ! Mais je ne me souviens pas tout à fait de ce qu'on a dit. Cela a quelque chose à voir avec celle qu'on appelle l'Oskar Schindler irlandaise, non ?

— Ah oui, c'était la dame qui s'appelait Mary quelque chose, c'est ça ? demande Emma. Je ne me souviens pas de son nom de famille et je ne vois toujours pas le rapport avec Rivesaltes !

— OK, laissons votre grand-père de côté une minute. Il faut d'abord vous rappeler qui était Mary Elmes — cette dame, comme tu dis, Emma — et son rôle dans le camp d'internement de Rivesaltes. Vous avez eu un cours là-dessus et on en a parlé dans les journaux et à la télé. Vous devriez donc en savoir déjà pas mal sur elle, d'autant plus qu'elle vient de Cork, à quelques minutes d'ici. Emma, je veux que tu prépares un petit exposé sur Mary Elmes que tu présenteras dans notre cours après les vacances de printemps. Tu t'en sens capable ?

Emma n'a pas l'air tout à fait convaincue :

— Où est-ce que je vais trouver tous ces renseignements ? demande-t-elle.

— Allons, Emma ! Où est-ce que les jeunes comme toi trouvent leurs renseignements de nos jours ? Tape son nom sur Google, pour commencer. Et il y a deux livres à la bibliothèque, écrits par des journalistes de Dublin, Clodagh Finn et Paddy Butler. Mais tu n'auras pas le temps de les lire en entier ! Tu devrais en apprendre assez avec les ressources en ligne pour ton exposé ; tu pourras trouver plus de détails le trimestre prochain. Ton exposé ne fera qu'une vingtaine de minutes. Juste assez pour rappeler les points essentiels sur ce sujet à la classe. À moins que je ne me trompe, tout cela aura un rapport avec l'histoire de votre grand-père aussi !

Une fois rentrée chez elle, et bien à contrecœur, Emma range le vieux morceau de carton avec sa vieille photo jaunie et ses mots étranges dans sa chambre et, après avoir sorti de son sac à dos les deux livres suggérés par son prof, elle se prépare à lire la vie de Mary Elmes.

La première fois que les Irlandais avaient entendu parler de cette femme remarquable, c'était dans un article paru dans le *Irish Times* en janvier 2012, il y a plus de sept ans. Il avait fallu attendre encore cinq années avant que paraissent deux livres en septembre 2017, tous deux racontant l'histoire de sa vie. Depuis cette date, Emma avait entendu parler d'elle et du travail qu'elle avait fait plusieurs fois à l'école lors des Journées en mémoire des victimes de la Shoah et dans son cours d'histoire avec M. White. Elle en savait donc déjà pas mal : qu'elle était née à Cork, qu'elle avait travaillé en Espagne et en France avec des enfants victimes de la guerre et aussi qu'elle venait d'obtenir le titre de « Juste parmi les Nations ». Elle était la première et unique personne d'Irlande à recevoir cet honneur. Mais si elle doit en parler pendant vingt minutes dans le cours d'histoire, Emma se rend bien compte qu'elle devra faire des recherches plus poussées.

CHAPITRE TROIS
Mary Elmes

On est le mardi 30 avril, jour de l'exposé d'Emma sur Mary Elmes. Elle a fait beaucoup de recherches chez elle pendant les vacances de printemps, en se servant de livres empruntés à la bibliothèque et d'articles trouvés sur Internet. On peut dire que ça ne manquait pas, mais beaucoup de sites ne faisaient que répéter ce qu'elle avait déjà appris. Elle a bien organisé ses notes et se sent assez prête pour faire son exposé. Mais elle est quand même un peu nerveuse ; c'est la première fois qu'elle parle en public, si on ne tient pas compte des quelques réponses données en classe aux questions posées par ses profs.

— Bonjour tout le monde, dit M. White. J'espère que vous avez passé de bonnes vacances et que vous êtes prêts à aborder ce trimestre sérieusement. Ce matin, on va commencer par laisser Emma nous rappeler ce que l'on a appris sur Mary Elmes, la première personne irlandaise à être honorée par *Yad Vashem* en tant que « Juste parmi les nations ». Mais avant de laisser Emma nous dire ce qu'elle a découvert sur Mary Elmes, je crois que je devrais vous expliquer ce qu'est *Yad Vashem* et ce que ces mots veulent dire.

Yad Vashem, aussi connu sous le nom de *Centre mondial du mémorial de la Shoah, a* été créé à Jérusalem en 1953, explique M. White. C'est un grand musée, ainsi qu'un centre de recherche historique, et son premier but est de cataloguer le nom de tous ceux et celles qui sont morts pendant la Shoah. Les survivants d'Auschwitz et des autres camps d'extermination se sont rendu compte que les six millions de personnes qui ont été assassinées n'étaient connues que par le numéro tatoué sur leur bras. Ils voulaient que ces victimes soient identifiées et connues par leur nom. *Yad Vashem* veut dire « un nom et un endroit », un endroit où on pourrait se souvenir de ces personnes comme il se doit. Il y a près de cinq millions de noms catalogués, mais il en reste encore un million à retrouver. Et il y a une autre liste de noms aussi, ceux des gens qui n'étaient pas juifs, mais qui ont risqué leur vie pour sauver des personnes juives. Il y a à présent 27 362 personnes connues sous le nom de « Justes parmi les nations » et une seule d'entre elles est irlandaise. C'est, bien sûr, Mary Elmes. À toi maintenant, Emma !

Emma se lève et se tourne vers la classe.

— Donc, ce qui fait que Mary est hors du commun, c'est qu'elle est la seule Irlandaise, du moins pour l'instant, à être reconnue par Yad Vashem : comme l'Irlande était neutre pendant la Deuxième Guerre mondiale, il y avait peu d'occasions pour les Irlandais courageux de sauver des Juifs de la Shoah. Mary était une exception ; elle était déjà en France quand la guerre a éclaté et elle a pu reprendre le travail que les Britanniques avaient commencé. Mais son histoire a débuté quelques années auparavant, quand, après d'excellentes études à Cork et puis à Dublin, elle s'est rendue en Espagne pour aider les enfants dans les hôpitaux qui s'étaient ouverts pendant la guerre civile d'Espagne.

— Elle était infirmière ? demande quelqu'un au fond de la classe.

— Non, elle ne l'était pas. Et en fait, à cause de ça, elle a eu du mal à se rendre en Espagne ; je ne sais pas vraiment comment elle a réussi. Mais elle a été acceptée par un groupe de femmes britanniques, surtout des infirmières, qui se sont rendu compte qu'avec son espagnol impeccable, elle pouvait se rendre utile. Elle devait se déplacer sans arrêt à cause de la progression du conflit dans le pays, et c'était elle qui devait trouver des endroits tels que des maisons vides afin de les transformer en hôpitaux pour qu'on puisse s'y occuper d'enfants blessés ou malades. Il y a de belles histoires d'enfants qu'elle a pu aider. Elle n'a pas gardé de journal, mais elle a pris des photos qui ont été conservées dans des albums avec de petits commentaires sur chaque enfant.

John Braddock a la main levée :

— Comment a-t-elle appris à parler si bien l'espagnol ? demande-t-il.

— Eh bien, je vous ai dit qu'elle avait fait d'excellentes études à Dublin, mais je ne voulais pas vous embêter avec trop de détails ! Elle a étudié au *Trinity College* où elle a reçu une médaille d'or, et elle a obtenu son diplôme avec mention en études romanes – en français et en espagnol. Elle a passé du temps à Paris et à Madrid pour perfectionner ces langues, ce qui fait qu'elle était la personne idéale pour s'occuper des hôpitaux en Espagne et plus tard, pour travailler en France. Voyons, j'en étais où ?

— De belles histoires sur les enfants ! lance quelqu'un.

— Ah oui, c'est ça. Des enfants qu'elle avait aidés ont fait des dessins et des peintures. Il y avait un garçon du nom de Pepe qui était très malade, mais qui a quand même réussi à lui faire une carte de Noël qu'elle a gardée toute sa vie. Sa famille l'a encore. Cette carte avait une grande valeur sentimentale parce que le pauvre Pepe est mort quelques jours plus tard.

— Il faudrait commencer à parler de son travail en France maintenant, dit M. White en regardant sa montre.

— Eh bien, en 1939, la guerre civile espagnole s'est terminée et des milliers de réfugiés ont traversé les montagnes entre l'Espagne et la France. C'était l'hiver et il faisait un froid atroce. Il y avait de la neige et de la glace partout et la traversée a été terrible, d'autant plus qu'ils devaient subir les attaques aériennes des avions allemands.

— Pourquoi des avions allemands ? Quel rapport l'Allemagne avait avec ça ? demande une fille assise près de la fenêtre.

Comme Emma semble hésiter, M. White vient à son aide :

— Il faudra qu'on parle de la guerre civile espagnole un autre jour. L'Allemagne a envoyé des avions et des navires de guerre pour aider les Nationalistes, c'est à dire les fascistes qui se battaient aux côtés de Franco. Certains disent qu'ils s'entraînaient pour la Deuxième Guerre mondiale. C'est un peu compliqué, mais tu as bien fait de poser cette question. Restons-en à Mary Elmes pour le moment. Emma ?

— Eh bien, tous ces gens se sont retrouvés sur la plage en France. Ça peut sembler positif, mais ce n'était pas du tout le cas. Il n'y avait pas d'abri et les réfugiés étaient coincés par des barbelés d'un côté et la mer de l'autre. Mary était retournée à Cork, mais elle s'est vite portée volontaire pour aller en France aider ces pauvres gens. Elle a pu acheter des livres, du matériel d'art, des instruments de musique et des jouets pour rendre la vie des enfants plus supportable. C'est à ce moment-là qu'on a commencé à l'appeler *'Miss Mary'*. Elle prenait le temps d'écouter tout le monde, tous leurs problèmes et elle promettait de faire tout son possible pour les aider. Et elle a en effet réussi à améliorer leurs conditions de vie.

John Braddock a encore la main levée :

— Tu as dit que c'était en 1939. La France n'était pas en guerre avec l'Allemagne à cette époque-là ?

Emma regarde M. White dans l'espoir qu'il pourra à nouveau lui venir en aide.

— C'est en février que les réfugiés sont arrivés en France, explique-t-il. La guerre avec l'Allemagne n'a commencé qu'en septembre. À cette date, des milliers de réfugiés de Belgique et des Pays Bas, ainsi que du nord de la France sont venus s'ajouter aux Espagnols ; ils voulaient mettre une distance de sécurité entre eux et l'Allemagne. Et puis en juin 1940, la France a été vaincue et le pays a été divisé en deux. La moitié nord et la côte atlantique ont été occupées par les Allemands, alors que la moitié sud était dirigée par un héros français de la Première Guerre mondiale, Philippe Pétain. Il recevait ses ordres de l'Allemagne et c'est sous son mandat que la persécution des Juifs a commencé en France. Maintenant, Emma, dis-nous ce que Mary Elmes a fait pour aider ces Juifs.

— Eh bien, tous les Juifs du sud de la France avaient été regroupés dans un camp abominable, appelé Rivesaltes. Ça m'intéresse particulièrement, parce c'est bien possible que mon grand-père se soit trouvé parmi eux. Mary se rendait dans ce camp pratiquement tous les jours et elle y était bientôt aussi connue qu'elle l'avait été sur les plages. Un grand nombre de ces réfugiés étaient d'ailleurs les Espagnols qui avaient été sur les plages. Ils avaient été déplacés à Rivesaltes avant l'arrivée des Juifs un peu plus tard. Il n'y avait pas de chauffage dans les baraques où ils habitaient, ni eau courante, ni toilettes intérieures ; ils devaient aller dehors pour tous leurs besoins. Il y a bientôt eu une invasion de rats et de puces, et les maladies ont commencé à entraîner des morts, surtout parmi les enfants et les personnes âgées. Mary a reçu l'autorisation de sortir des enfants du camp pour les placer dans des maisons vides et des hôtels près de la mer ou à la montagne, où les enfants pouvaient être bien nourris et rester au chaud pendant l'hiver et où ils pouvaient se laver comme il faut ainsi que porter des vêtements propres. Ils devaient retourner dans les camps après un ou deux mois pour que d'autres enfants puissent prendre leur place. Mais quand les trains ont commencé à emporter les Juifs vers une destination inconnue, Mary s'est rendu compte qu'elle devait sauver au moins les enfants.

Emma montre deux gros livres à la classe :

— Il faudra que vous lisiez ces livres ou des articles sur Internet pour savoir comment elle s'y est prise ; en tout cas, on dit qu'elle a sauvé plusieurs centaines d'enfants d'une mort certaine. Mais ce n'étaient pas seulement des enfants juifs que Mary a aidés. Il manquait terriblement de nourriture essentielle à cette époque. Les enfants allaient à l'école sans petit-déjeuner et il n'y avait rien à manger chez eux le soir non plus. Alors Mary a réussi à faire importer de la nourriture payée par les États-Unis et à la distribuer dans les écoles. Elle a demandé aux instituteurs et institutrices de peser les enfants chaque semaine et elle a gardé un registre de chaque enfant dans chaque école de la région pour voir s'ils prenaient assez de poids. Elle a sans doute sauvé encore plus de vies d'enfants français que d'enfants dans les camps. Finalement, en novembre 1942, les Allemands ont occupé la France entière et peu après, ils sont venus chercher Mary. Elle a été arrêtée et envoyée dans la prison de Fresnes, la prison de la Gestapo près de Paris. Elle y a été détenue pendant six mois. Personne ne sait comment elle a été traitée parce qu'elle n'a jamais dit un mot sur cette période de sa vie. Après la fin de la guerre, elle a épousé un Français et a eu deux enfants. Elle a vécu jusqu'à l'âge de 92 ans et, quand elle est morte, Mary et le travail qu'elle avait fait ont été complètement oubliés.

Un autre garçon, Connor, lève la main :

— Comment ça se fait qu'on ne le sache que depuis un an ou deux ?

M. White intervient à nouveau :

— Mary n'a jamais rien écrit sur son travail, elle n'en a même pas parlé à ses deux enfants. Ce n'est que quand quelqu'un des États-Unis qu'elle avait sauvé a commencé à poser des questions sur la façon dont il avait échappé à la Shoah que l'histoire a émergé petit à petit. Comme le dit Emma, on peut en apprendre bien davantage sur cette histoire dans les livres qu'elle a lus, et vous devriez tous essayer de trouver le temps de les lire vous-mêmes. Tu allais dire autre chose, Emma ?

— Oui. J'ai appris que pendant presque tout le temps où Mary était en Espagne et en France, elle travaillait avec un groupe de gens qui s'appellent les quakers. En Espagne, c'étaient surtout des quakers anglais, mais en France c'étaient des quakers américains. Je ne savais vraiment rien sur eux, mais j'ai appris que c'était un groupe religieux qui semblait toujours se manifester quand il y avait une espèce d'urgence humanitaire. En fait, j'ai appris qu'après la fin de la guerre en 1945, quand tout est redevenu progressivement normal, le premier Prix Nobel de la paix a été décerné aux quakers américains et anglais ; c'était en 1947. On pourrait donc dire que, d'une certaine manière, c'est grâce à Mary Elmes, entre autres, que les quakers ont reçu ce Prix Nobel !

M. White a l'air surpris :

— Je ne savais pas ça, Emma ! C'est formidable que tu aies fait cette découverte, félicitations ! Je suis sûr que presque personne ne le sait. Eh bien, Emma nous a donné une excellente introduction à ce trimestre, et on est tous curieux d'apprendre la vérité sur son grand-père. Mille fois merci, Emma, et bravo ! Nous pouvons tous la féliciter !

Toute la classe se lève et applaudit. Emma rougit tant elle est gênée !

CHAPITRE QUATRE
Le camp

Philip Collins, le père d'Emma, n'est pas de bonne humeur. Il vient juste de rentrer du travail et d'ouvrir l'unique lettre que le facteur a amenée et qui lui est adressée. Elle vient de l'agence de voyages avec laquelle il avait réservé des vacances pour la famille. Apparemment, l'hôtel de l'île grecque de Santorin où ils devaient rester en août a soudainement fermé. C'est à cause des difficultés économiques de la zone euro et de la Grèce, en particulier. Ils n'allaient pas perdre l'argent de la réservation, mais il fallait trouver un autre endroit… et très vite !

Emma pense à tout ce qu'elle a appris en faisant des recherches sur la vie de Mary Elmes. Elle se rend compte que son prof d'histoire pouvait bien avoir raison quand il disait que le petit morceau de photo mystérieux indiquait que son grand-père avait probablement passé du temps à un moment donné dans le camp de Rivesaltes et qu'il était peut-être juif. Mais quand Emma arrive à la maison soucieuse d'en parler avec sa famille, son père n'est pas d'humeur particulièrement réceptive.

— J'aimerais que tu laisses tomber cette histoire, dit-il d'un ton sec. Je t'ai déjà dit que Grand-père ne veut pas qu'on se mêle de ses affaires. De toute façon, on a bien assez de soucis nous-mêmes en ce moment. On vient juste de perdre nos vacances au soleil !

Emma retombe sur terre d'un seul coup. Elle se faisait une telle joie de ces vacances en Grèce. Ils y étaient allés il y a deux ans, et ses rêves de longues journées paresseuses sur la plage de Santorin l'avaient aidée à tenir le coup pendant l'hiver. Et maintenant, ça ne se ferait plus ! Le dîner se passe dans une atmosphère sombre, et dès qu'il se termine elle va dans sa chambre et allume son ordi. Elle pourrait peut-être se changer les idées en essayant d'en savoir plus sur Rivesaltes. Il y a certainement beaucoup de renseignements en ligne. Il y a même des photos qui montrent de vieux baraquements délabrés entourés de mauvaises herbes et de détritus ; et au loin, quelque chose qui ressemble à un parc éolien, comme celui qu'elle avait vu une fois en mer, quelque part près de la côte. On aurait dit que les vestiges du camp étaient encore là, après toutes ces années ! Mais comment savoir si son grand-père avait vraiment été là ? Et était peut-être même né là ? Pourquoi est-ce qu'un enfant irlandais se serait retrouvé dans un camp de concentration français ? Qu'est-ce que la famille en penserait ? Que dirait son grand-père si c'était vrai ?

Elle a trouvé un site internet dédié au Mémorial du Camp de Rivesaltes. Il y a des photos incroyables et on peut cliquer dessus pour lire des détails sur chacune d'entre elles. Mais c'est tout en français ! Ceci dit, il y a un drapeau anglais et, en cliquant dessus, on arrive sur une page en anglais. Mais ce n'est qu'une page sur l'accès au Mémorial, les horaires et le prix des entrées. Les pages importantes sur les photos ne sont qu'en français ! Frustrée et fatiguée, Emma laisse tomber. Quand elle va finalement au lit, elle n'arrive pas à sortir le camp de son esprit, et elle en oublie complètement la déception de ses vacances perdues !

À un ou deux miles de là, John Braddock est assis devant l'écran de son ordinateur. Emma lui a montré la photo mystérieuse et il se souvient qu'il y avait également au dos d'autres caractères. Après le nom du camp, il avait remarqué le mot « îlot » suivi de la « K ». Dès que son ordi s'allume, il tape « îlot K » sur Google. Il y a, comme toujours, une multitude de sites. Mais là, juste à quatre ou cinq lignes du haut, il lit « Rivesaltes, France, îlot K, la section enfants du camp ». En cliquant dessus, il tombe sur la photo d'un enfant avec un vélo à l'intérieur d'une sorte de baraque. Il y a d'autres photos aussi, toutes d'enfants. En regardant rapidement les photos qui apparaissent sur son écran, John commence à se faire une meilleure idée de cet endroit qu'on appelle Rivesaltes. C'était grand, plat et sale. Et cette section était pleine d'enfants. Où étaient les parents ? La légende de la photo indique que l'îlot K était la section des enfants ; les parents se trouvaient-ils donc ailleurs ? Il se souvient qu'Emma avait dit que les enfants restaient avec leurs parents jusqu'à l'âge de quatorze ans.

Le lendemain, aussitôt arrivée au lycée, Emma se met en quête de son prof d'histoire. Dès qu'elle le trouve, elle lui demande :

— Monsieur White, où exactement se trouve Rivesaltes ?

— Voyons si on peut le trouver ! Il montre du doigt la carte d'Europe accrochée au mur. Commençons par Perpignan, la grande ville la plus proche. Tu sais où se trouvent les Pyrénées ?

Emma indique la frontière entre la France et l'Espagne.

— Par-là, n'est-ce pas ?

— Exact ! Maintenant, descends un peu le long de la côte. Qu'est-ce que tu trouves ?

35

— Je l'ai trouvé ! dit Emma en se tournant vers son prof, un grand sourire aux lèvres. Voici Perpignan, pas loin de l'Espagne et presque au bord de la mer. Quelle sorte d'endroit est-ce que c'est ?

— C'est très joli ! répond M. White. J'ai passé plusieurs fois des vacances dans cette région avec ma famille. Moi, je préfère la montagne, mais il y a de très belles plages, là !

Emma continue à regarder la carte, traçant la côte du doigt.

— Mais où est Rivesaltes, là où se trouvait le camp ?

— Ça ne doit pas être indiqué sur la carte, c'est trop petit. Mais c'est tout près de Perpignan. Juste un peu de l'autre côté, pas dans la direction de l'Espagne, je veux dire.

Son élève a l'air pensive :

—Alors, vous voulez dire que mon grand-père était très certainement là ? Est-ce qu'il y aurait un registre qu'on pourrait consulter ?

— Peut-être, sans doute dans les archives de Perpignan. Mais je ne sais pas s'il y a un registre de tous les prisonniers et prisonnières. Il y avait un tel va-et-vient. Mais tu me dis que ton grand-père était orphelin. S'il avait été dans ce camp, c'est presque certain qu'au moins un de ses parents se serait trouvé là aussi.

Il se tait, se retourne et regarde par la fenêtre :

— Emma, tu sais déjà que c'était un endroit de rassemblement pour tous les Juifs dans le sud de la France. Des milliers de personnes ont été envoyées de là dans des camps en Pologne.

— Comme Auschwitz, vous voulez dire ? Vous croyez que mes

arrière-grands-parents ont été envoyés à Auschwitz ? Pourquoi est-ce qu'il n'y a pas été envoyé lui aussi ?

— C'est ce que nous allons essayer de savoir. Mais tu as déjà découvert que beaucoup d'enfants avaient été sauvés et cachés. Il aurait pu être parmi eux. Il était trop jeune pour s'en souvenir, bien sûr. Il nous faut un nom pour en être sûrs. J'imagine que ton grand-père ne connaît pas le nom de ses parents naturels ?

— Non, il ne savait même pas que ses parents n'étaient pas ses parents naturels. Il ne l'a appris que beaucoup plus tard. Tout ce qu'il possède, c'est cette photo.

Son prof réfléchit un instant :

— Tu es bien sûre qu'il n'y a rien d'autre ? Rien d'autre d'écrit sur la photo, je veux dire ? Tu l'as avec toi ?

— Non, mais j'ai ce que j'ai écrit quand on a essayé de mieux déchiffrer les lettres avec *Photoshop*.

Elle ouvre son sac et en sort la feuille de papier.

— Il y a quelques lettres avant le mot « Rivesaltes ». On dirait « F P I C K P A U C H ».

M. White regarde le papier :

— Mais tu as souligné le F et les deux P. Tu n'as pas dit que ces deux lettres étaient presque illisibles ? Et si on changeait le F en E et le P en R, comme on l'a fait avant ? Dans ce cas, on aurait « E R I C K R A U C H ». C'est un nom, il me semble ? Ce serait « Erick Rauch » ou même « Eric Krauch ». De toute façon, ça ressemble à un nom allemand, à mon avis.

Emma secoue la tête.

— Tout ça commence à me dépasser, dit-elle. Vous êtes en train de me dire que mon grand-père était allemand, qu'il était juif et que ses parents ont été gazés à Auschwitz ? C'est terrible ! Comment pourrais-je dire ça à Grand-père ?

Son prof sourit :

— Attends, attends ! Pour le moment, ce n'est qu'une supposition. Ça en a bien l'air, mais tu ne peux pas savoir avec certitude si ce morceau de carton a un rapport avec ton grand-père. Ça pourrait être un pur hasard qu'il se soit retrouvé avec ces photos dont tu m'as parlé. Mais en ce qui me concerne, en tant que prof, c'est tout positif ! Ça t'apprend à vérifier tes sources. C'est en ça que consiste la recherche historique. Tu vois, si tu publiais un journal de ragots, tu ferais sortir à toute vitesse la dernière édition intitulée : « Famille de jeune fille locale de seize ans périe dans les chambres à gaz ». Mais ce n'est pas de l'histoire, ça, c'est du sensationnalisme !

— Alors qu'est-ce que je vais dire à ma famille ?

— Je crois qu'il faut leur dire que c'est possible (même très possible) que ton grand-père ait été rescapé d'un camp de concentration français, et qu'il te faut leur permission pour continuer tes recherches. Si quelqu'un (ton père ou ton grand-père) dit « non », alors c'est fini. On arrête. Tu en restes là !

— Et s'ils disent « oui » ?

— Eh bien, il faudra qu'on recherche le nom « Rauch » ou « Krauch ».

— On peut faire ça ?

— Comme je te l'ai déjà dit, il se peut qu'il existe encore des registres avec le nom des prisonniers et des prisonnières de ce camp. Mais pas forcément. En tout cas, il y a des listes de toutes les victimes de la Shoah connues. On pourrait commencer par là.

CHAPITRE CINQ
Une rencontre gênante

En rentrant chez elle après l'école, Emma entend des pas derrière elle ; elle se retourne et voit John Braddock qui se hâte pour la rattraper.

— Ce n'est pas vraiment ton chemin, hein ? demande-t-elle avec curiosité.

John se sent mal à l'aise. La voyant rentrer chez elle, il n'a pas pu s'empêcher de la suivre, mais il n'a pas eu le temps de préparer ce qu'il allait lui dire. Alors, faute d'un meilleur moyen d'engager la conversation, il commence à lui raconter ce qu'il a découvert la veille à propos de l'îlot K :

— On dirait que c'est lié à une section particulière du camp réservé aux enfants, explique-t-il.

— C'est donc une sorte d'adresse, quoi. Tu sais qu'il y avait d'autres choses sur ce bout de carton, non ? Eh bien, moi et M. White, on a réussi à trouver que c'était le nom de quelqu'un, sans doute un

Allemand.

John résiste à la tentation de corriger Emma en lui faisant remarquer qu'on doit dire « M. White et moi ». Il fait très attention à la manière dont il parle, mais ce n'est ni le moment ni l'endroit de lui faire cette remarque.

— Quel était le nom ?

— On n'est pas sûrs, mais ça pourrait être « Erick Rauch » ou « Eric Krauch ». Tu te souviens de ces lettres au début de la ligne ? dit-elle en lui montrant à nouveau le bout de carton.

— Alors, voilà, tu as un nom et une adresse. Qu'est-ce que tu vas faire maintenant

— Je ne sais pas. Mon père veut que j'arrête d'embêter mon grand-père. Il m'en veut d'avoir déclenché tout ça.

— Eh bien, je crois que tu as le droit de savoir qui sont tes ancêtres. On ne sait jamais quand on peut avoir besoin des antécédents médicaux de ses grands-parents. C'est le genre de choses qu'on demande aux gens quand ils sont malades, ou bien même quand ils remplissent des formulaires pour les assurances médicales.

— C'est vrai, je n'y avais pas pensé. Tu as raison. Il faudra sans doute que je le mentionne à Papa et Maman. Et puis, s'ils sont d'accord, à Grand-père.

Quelqu'un klaxonne soudain dans la rue, et levant la tête, Emma voit la voiture de sa mère s'approcher. La vitre s'ouvre :

— Monte ! J'ai fini un peu plus tôt aujourd'hui.

Puis, se rendant compte qu'il y a un garçon avec sa fille, elle ajoute :

— Ton ami veut que je le raccompagne aussi ?

Emma est mal à l'aise. Elle aimerait dire : « Non, ce n'est pas mon ami ! » ou même : « Non, il n'est pas avec moi ! », mais ce serait impoli. Alors elle se contente de murmurer :

— Il ne va pas dans notre direction ! et monte en voiture sans même dire « au revoir » !

— Qui était-ce ? demande sa mère. Tu étais un peu froide avec lui !

— Je ne lui ai pas demandé de me suivre ! C'est juste un type de ma classe.

— Il voulait te demander quelque chose ?

— Non, il voulait juste…

Elle ne sait pas quoi dire. Ce n'est pas le moment de commencer à lui parler de Rivesaltes.

— Je te raconterai plus tard.

Mme Collins jette un coup d'œil à sa fille et se demande ce qui se passe. Jusqu'ici, Emma ne s'était guère intéressée aux garçons, mais ça devait bien arriver un jour. Emma en veut à John d'avoir été là à ce moment précis et de l'avoir mise si mal à l'aise. Elle commence à regretter de l'avoir laissé se mêler des affaires de sa famille. Ce n'est même pas comme si elle l'aimait bien ! Le court trajet en voiture se poursuit en silence.

Emma aide sa mère à préparer le repas ; ni l'une ni l'autre ne reparle de cet incident. Quand Papa rentre, l'atmosphère change et on voit vite qu'il est de meilleure humeur.

— Que diriez-vous de faire du camping pendant les vacances ? demande-t-il en mettant une pile de dépliants sur la table que sa femme essaie de dresser pour le dîner.

— Dans une tente ? demande-t-elle avec anxiété. Ça ne me dit rien du tout !

— Ce n'est pas le genre de tente que tu t'imagines, répond-il. Regarde ça ! dit-il en ouvrant un des dépliants qui montre ce qui semble en effet être l'intérieur d'une tente de grand luxe. La légende dit : « Paradis en Provence, en Aquitaine et dans le Languedoc ». C'est ce que j'ai trouvé de mieux après avoir perdu l'hôtel en Grèce. On n'a pas trop le temps de faire les difficiles. C'est la France ! explique-t-il. Personnellement, la Provence me tente avec son bon climat ; c'est presque aussi bien que la Grèce.

Emma pose les assiettes qu'elle a prises dans le four où on les avait mises à réchauffer et regarde la brochure. Sur une carte de France, il y a des étoiles indiquant les trois endroits où se trouvent les campings. Ils sont tous les trois tout au sud de la France, un à gauche, un à droite et un au centre.

Son père montre du doigt l'étoile sur la droite :

— La Provence, juste en dehors de Nice. On doit vite faire les réservations, si ça vous dit.

Emma regarde celle du centre. Elle a l'air d'être tout près de là où doit se trouver Rivesaltes.

— Et celle-ci ? demande-t-elle.

— Argelès-sur-Mer, lit son père. C'est dans le Languedoc ; connais pas… Pourquoi tu demandes ?

— C'est à propos de Grand-père !

Et elle leur raconte tout ce qu'elle sait sur le camp de concentration et en quoi ça pourrait (pourquoi pas ?) être la réponse au mystère de l'identité de son grand-père.

Ce soir-là, une fois couchés, M. et Mme Collins discutent les événements de la journée.

— Je n'avais aucune idée qu'elle faisait tant d'effort pour en savoir plus sur le passé de mon père, se plaint M. Collins.

— Ce n'est pas qu'elle ! C'est ce M. White, son prof d'histoire. Et ce garçon qu'elle fréquente ! dit sa femme.

— Et Andrew aussi, apparemment, dit M. Collins.

Et puis, se rendant compte de ce que sa femme vient de dire :

— Quel garçon ?

— Quelqu'un de sa classe. Elle dit qu'il ne se passe rien entre eux, mais va savoir !

— Enfin, elle a quand même seize ans, maintenant ! Mais quelle pagaille ! On va être obligés de tout raconter à mon père. J'espère qu'il ne sera pas trop contrarié.

Mais en fait, quand le grand-père d'Emma apprend ce qu'a fait sa petite-fille, il se montre curieusement calme. C'est le lendemain soir. Andrew est parti suivre un cours d'orientation avec des amis et ses parents ont donc laissé Emma seule à la maison pour se rendre chez le grand-père Collins afin de lui apprendre la nouvelle.

Philip Collins pense qu'il vaut mieux que les enfants ne soient pas là quand son père entendra parler du camp de concentration.

— Je croyais que tu allais être furieux ! dit M. Collins. Tu m'as toujours dit que tu ne voulais pas en parler.

— Oui, mais en fait, j'ai eu tort de m'inquiéter. Tu vois, je m'étais fait un drôle de cinéma ; je ne voulais pas qu'une famille, qui ne se douterait de rien, apprenne que leur grand-mère avait eu un enfant illégitime il y a très longtemps, et que cet enfant, maintenant adulte, vienne peut-être frapper à leur porte pour leur demander de l'argent en échange de son silence. Je me rends compte que ça peut paraître un peu ridicule, surtout si longtemps après…

— Mais tu n'es pas contrarié à l'idée que tes parents aient pu mourir dans un des camps d'extermination ? Enfin, si c'est vrai, je veux dire…

— Bien sûr ; bien sûr que c'est terrible. Je ne pense pas vouloir connaître ces détails. Qu'ils reposent en paix. Mais j'aimerais savoir à qui je dois d'être en vie. Et à qui tu dois d'être en vie aussi, quand j'y pense. Et Emma. Et Andrew !

Mme Collins prend la parole à son tour :

— Ça ne vous dérange donc pas si les enfants trouvent les circonstances de votre évasion ?

— C'est fou ! intervient son mari, on accepte cette histoire comme si elle avait déjà été prouvée sans le moindre doute. Il n'y a probablement rien de vrai dans tout ça !

— Laisse Emma voir ce qu'elle peut trouver, dit son père. Et pourquoi ne pas partir en vacances à cet endroit que tu as mentionné, le camping près de là où je suis peut-être né ? Il n'y aurait pas de mal à ça !

CHAPITRE SIX
Une grande découverte

John Braddock était rentré chez lui en trainant les pieds après l'étrange rencontre avec la mère d'Emma. Il s'était senti gêné après cet incident et avait bien vu qu'Emma s'était elle aussi sentie mal à l'aise. S'ils avaient tous les deux été des garçons ou des filles, il n'y aurait eu aucun problème. Pourquoi est-ce que les gens étaient si bizarres quand il s'agissait de relations entre garçons et filles ? Ne pouvait-il pas tout simplement aider Emma sans se sentir coupable qu'on les voie parler ensemble ? En toute honnêteté, il ne savait pas vraiment si c'était le buzz provenant de ses recherches productives qui l'attirait vers Emma ou si c'était le fait qu'elle était une fille, et plutôt jolie en plus ! Quoi qu'il en soit, il décide de poursuivre le défi de trouver plus de renseignements sur son grand-père !

Ainsi, ce soir-là, il s'assoit devant son ordinateur et commence ses recherches. Tout d'abord, il tape « Rivesaltes » sur Google. Un tas de renseignements qu'il avait déjà trouvés ressurgissent, mais aucun ne suggère comment il pourrait chercher le nom d'un prisonnier du camp en particulier. Puis, après plusieurs tentatives infructueuses, il tape « des gens qui ont sauvé des enfants juifs de Rivesaltes ». En quelques minutes, il découvre l'existence d'une organisation qui s'appelle OSE[5], dont c'était justement le travail, qu'elle existe encore et qu'elle a même une page sur Facebook !

John n'est pas fan de Facebook. Il ne comprend pas pourquoi ses camarades de classe aiment passer leur temps à s'écrire toutes les cinq minutes pour dire dans quel magasin ils sont allés ou ce qu'ils pensent de ce qu'ils viennent de voir à la télé. Heureusement, il se rend compte qu'il n'a pas besoin de s'inscrire sur Facebook pour contacter l'OSE. Il y a un bouton qui dit « Contactez-nous » et John parle suffisamment bien le français pour savoir que c'est là qu'il doit cliquer. Il songe à écrire sa question en français, mais change d'avis. Il écrit en anglais :

« Cher OSE,

j'essaie de trouver la personne qui a sauvé quelqu'un du nom d'Erick Rauch ou Eric Krauch du camp de concentration de Rivesaltes pendant la guerre. Pourriez-vous m'aider svp ?

Bien cordialement,

John Braddock »

Ce soir-là, il a du mal à s'endormir. Il se demande s'il a bien fait d'intervenir dans les recherches d'Emma et si l'organisation française à laquelle il a écrit pourra les aider. Et puis il n'arrive pas à effacer le souvenir de cette rencontre gênante avec la mère d'Emma !

Le lendemain, John attend Emma aux grilles de l'école. Elle le voit et essaie de l'éviter, mais sans succès. Le voilà à ses côtés avec un grand sourire. Tout sentiment de gêne de la veille est effacé. Il lui tend un morceau de papier en lui disant : « Lis ça ! ». Emma prend le papier

---

[5] OSE: Œuvre de secours aux enfants, organisation humanitaire juive qui a sauvé des centaines d'enfants juifs pendant et après la guerre.

à contrecœur et commence à le lire.

C'est un mail qui dit :

« Cher M. Braddock,

merci pour votre demande de renseignements. Nous avons consulté nos registres et sommes désolés de vous informer que nous n'avons trouvé aucune référence à un enfant du nom que vous nous avez donné. Cependant, il y a plusieurs enfants avec le nom de famille 'Rauch' mais avec des prénoms différents. Il y a aussi un Franz Krauch, né le 13 février 1942, évacué du camp de Rivesaltes le 13 septembre 1942. Il a été secouru par un représentant du comité de secours des amis américains et transporté à leur colonie de Vernet-les Bains.

Nous espérons que ces renseignements vous seront utiles.

Bien cordialement,

Hélène Dubois (OSE) »

— Ça peut t'aider ? demande John.

Emma relit le message.

— C'est la date d'anniversaire de Grand-père, dit-elle. Le 13 février de cette année, il a eu 77 ans. Donc oui, ça ferait 1942.

— Alors tu crois que c'est lui ? Comment connaît-il la date de son anniversaire s'il a été adopté ?

— Je ne sais pas, c'est juste quelque chose qu'on a toujours su. Mais est-ce que c'est vraiment lui ? On dirait bien que oui, mais cette date n'est toujours pas une preuve, hein ? Je veux dire que ça pourrait être une coïncidence. Et si son nom était en effet Franz, qui donc était Éric, le nom écrit sur le morceau de carton de Grand-père ?

John hausse les épaules :

— Peut-être son frère ou son père ?

Tout ça commence à lui faire tourner la tête. Tout à coup, elle sort de sa stupeur :

— Mais où est-ce que tu as trouvé tout ça ? Qu'est-ce que tu as fabriqué ? Et c'est quoi ça, ce truc étranger, ces gens qui t'ont envoyé ce message ?

John se rend compte qu'il va avoir besoin de renfort :

— Parlons-en à M. White, voyons ce qu'il en pense. Après l'école, si tu veux ?

C'est avec réticence qu'Emma accepte :

— Bon, après l'école.

Andrew Collins est revenu de voyage pendant la journée, c'est donc à trois qu'ils se rendent au cours d'histoire à 15h30 cet après-midi-là. Emma lui avait envoyé un texto lui demandant de la retrouver là-bas, mais il est surpris de voir que John Braddock est venu lui aussi.

— Qu'est-ce que tu fais là ? lui demande-t-il, un peu brusquement selon Emma, bien qu'elle-même ait été impolie plus tôt.

— J'ai réussi à en savoir un peu plus sur ton grand-père, explique John, en lui tendant l'email.

— Je ne comprends pas, bougonne Andrew. C'est quoi, tout ça ?

— Il s'est passé un tas de trucs depuis que tu es parti, dit Emma. John a fait ses propres recherches, et a peut-être trouvé le vrai nom de Grand-père et le nom de l'organisation qui l'aurait sauvé.

M. White arrive à ce moment-là, et Emma le met lui aussi au courant de tous les développements récents. M. White est impressionné :

— John a été drôlement malin pour en arriver jusque-là, dit-il. Ça pourrait être une piste utile. Mais il vaudrait mieux avoir des preuves pour soutenir cette hypothèse. Ce qu'il nous faut, ce sont des documents qui relient le nom de Franz Krauch à celui d'Eric Krauch. Vous avez des idées ?

Les trois élèves se regardent en silence. L'un après l'autre, ils hochent la tête.

— OK, je crois que c'est à moi d'agir. Il nous faut évidemment contacter cette organisation aux États-Unis. Je crois que c'est une association quaker. Je peux chercher les détails et leur envoyer un mail pour leur demander de nous aider. Je crois que ce serait mieux que ça vienne d'un prof. Laissez-moi faire. Ce n'est que le matin là-bas ! Si je leur envoie un message en rentrant, j'aurai peut-être une réponse ce soir.

CHAPITRE SEPT
Pas bizarre, juste différent !

Quand Papa arrive à la maison ce soir-là, il annonce qu'il leur a trouvé le camping parfait : c'est à l'endroit que tu as choisi l'autre jour, dit-il à sa fille en sortant un dépliant de sa poche, Argelès-sur-Mer. Écoute, voici ce que ça dit :

« Camping Sud est un endroit formidable à quelques pas d'une longue plage de sable déserte : de splendides établissements, de nombreuses activités et loisirs à disposition et un magnifique complexe aquatique. C'est un excellent choix si vous voyagez avec des adolescentes. En haute saison, une discothèque ouverte le soir leur est réservée. »

— Alors, qu'en dites-vous ?

Andrew dit que ça a l'air génial, mais Emma veut savoir si c'est près du camp de Grand-père.

Maman roule des yeux :

— Tu ne peux pas penser à autre chose ? On planifie des vacances, pas une expédition archéologique !

— Ce n'est pas de l'archéologie, c'est de l'histoire, corrige sa fille. Et de toute façon, ce n'est pas n'importe quelle histoire, c'est la nôtre.

— C'est peut-être la tienne, mais pas la mienne, dit Maman.

— Je n'y avais pas pensé, remarque Andrew. C'est bizarre, non ? Mais, euh, on est tous juifs, alors ?

— Ah c'est vrai ! s'écrie Papa, on doit l'être ! Je n'y avais jamais pensé.

— Non, on ne l'est pas ! répond Emma. J'ai posé la question à M. White hier. Apparemment, une personne ne peut être juive que si sa mère était juive. Grand-père, peut-être, on ne sait pas encore. Mais pas toi, Papa, et nous non plus.

Incrédule, Papa secoue la tête :

— Je n'y comprends rien ! Mais de toute façon, d'après ce que tu dis, rien n'est encore prouvé. Revenons à ce camping. On réserve ou pas ?

Tout le monde est d'accord pour qu'on essaie de réserver une tente familiale au Camping Sud pour une semaine, à partir du premier samedi du mois d'août. Après ça, ils prendront la route le long de la côte vers un autre camping près de Nice et passeront deux semaines en Provence.

Le lendemain matin, Emma se rend à nouveau dans le département d'histoire pour voir M. White. Il lève la tête et lui sourit lorsqu'elle entre dans la salle :

— Désolé, mais je n'ai pas encore de nouvelles. Viens me voir plus tard !

Et puis, au moment où elle se retourne pour s'en aller, il ajoute :

— Au fait, c'est un sacré boulot de détective que ton ami John a fait pour toi hier. Je n'avais jamais entendu parler de cette association et, sans les renseignements qu'il en a tirés, tu te serais retrouvée vraiment coincée.

— Vous voulez dire à propos de Franz Krauch ?

— Oui. Je crois qu'il y a peu de doute que ce soit ton grand-père, mais, bien sûr, il faudra s'en assurer. Tu lui dois une fière chandelle, à John. J'espère que tu l'as remercié !

— Oui, oui, bien sûr, répond-elle sans grande conviction. En son for intérieur, elle se dit : « En fait, non, pas vraiment ! Je devrais peut-être lui demander de venir aussi ! ».

Ainsi, plus tard ce jour-là, John et Emma retournent voir M. White mais, cette fois-ci, il semble moins convaincu qu'ils soient sur la bonne voie.

— J'ai eu une réponse à mon message, dit-il. L'archiviste au quartier général de l'AFSC (qui sont les quakers américains) dit qu'ils ont un tas de dossiers sur le camp de Rivesaltes. Il y a des noms d'enfants (un grand nombre, en fait) mais ils ne sont pas catalogués, il ne peut donc pas nous donner une réponse simple. Il dit qu'il n'a pas les moyens d'entreprendre la recherche de dossiers individuels ; ce serait un travail énorme. Par contre, il dit que nous pouvons chercher dans les dossiers nous-mêmes.

— Il veut dire en ligne ? demande John.

— Non, apparemment pas. Ils ont été numérisés, mais pas téléchargés sur Internet.

— Alors voilà, c'est terminé ! dit Emma. On n'est pas plus avancés. À moins que je puisse convaincre mon père de nous emmener tous aux États-Unis !

— Il y a une autre possibilité : le Musée du Mémorial de la Shoah des États-Unis possède une copie des fichiers.

— Il se trouve où, ce musée ? demande John.

— À Washington DC, aux États-Unis.

— Alors il faudra bien aller en Amérique ! s'écrie Emma.

Son prof la rassure tout de suite :

— Il y en a une autre copie. Elle se trouve en France !

— Au camp de Rivesaltes ? demande Emma.

— Non, pas si loin que ça, répond M. White en souriant. C'est au Mémorial de la Shoah à Paris. Shoah est le mot hébreu pour Holocauste et beaucoup de pays, y compris la France, se servent de ce mot-là. Est-ce qu'il y aurait moyen que tes parents t'y amènent ?

— Eh bien, on va dans le sud de la France en août, alors on pourrait peut-être s'arrêter à Paris en descendant.

— Excellent, dit M. White. Si j'étais toi, je leur enverrais un message pour leur dire que tu viens et leur expliquer ce que tu voudrais savoir. Tu devras sans doute chercher toi-même une fois qu'ils t'auront montré comment faire, alors compte bien y passer toute une journée, voire deux !

Emma et John descendent l'escalier ensemble.

— Eh bien, voilà, ça y est, dit John. Bonne chance avec tes recherches à Paris. Dommage que je ne puisse pas t'aider !

— Tu m'as déjà beaucoup aidée. Excuse-moi de pas t'avoir remercié.

— Ce n'est pas grave. Tu dois penser que je suis un peu indiscret de me mêler de tes affaires. En fait, ce n'est vraiment pas mon genre. Ce n'était pas facile de t'en parler, mais ça m'intéressait tellement, ce que tu essayais de faire !

Emma ne sait pas quoi répondre. Elle ne peut pas vraiment dire : « En effet, cela ne te regardait pas ! ». Alors elle se contente de sourire et de le remercier à nouveau. Ils se rendent ensemble vers la sortie du lycée. Alors qu'ils s'approchent du portail, avant de partir chacun de son côté, John dit :

— J'ai vraiment aimé t'aider. Et pas seulement à cause du défi du mystère. C'était agréable de travailler avec quelqu'un. (Il s'arrête une seconde.) Pratiquement tout ce que je fais, je le fais tout seul, ajoute-t-il.

Emma commence à descendre la rue, mais elle s'arrête et se retourne :

— C'est vrai que tu n'es pratiquement jamais avec personne, dit-elle. Tu ne te sens pas seul, quelquefois ?

— Tout le temps ! dit-il d'un ton amer. Tu ne peux pas savoir ce que c'est que d'être enfant unique ! Tout le monde croit qu'on est gâté, un fils à sa maman, ce genre de trucs. J'ai entendu des gens parler de moi. Je n'ai jamais demandé à être enfant unique ! Ce n'est pas de ma faute si mes parents ne pouvaient pas avoir d'autres enfants !

— Mais il doit quand même y avoir des avantages, non ? dit Emma, voulant mettre fin à cette conversation un peu gênante, sans trop savoir comment faire. Par exemple, tu n'as pas besoin de prêter tes affaires comme on doit le faire, moi et Andrew !

« Andrew et moi », pense John, mais il dit simplement :

— Tu sais, ces choses que tu veux vraiment savoir, mais que tu ne peux pas demander à tes parents ?

Emma fait oui de la tête.

— Eh bien, quand on a des frères et sœurs, on peut en parler avec eux. Mais quand on est seul, on n'a personne à qui demander.

— Ah ouais, tu as raison…, répond-elle un peu mal-à-l'aise. Bon, écoute, il faut que j'y aille. Alors… encore merci et salut !

— Salut, Emma. À demain ! dit-il en partant.

Emma rentre chez elle, perdue dans ses pensées. John Braddock, quand elle y pense, c'est quelqu'un d'un peu bizarre, un peu différent, pour qui l'école est quelque chose de facile et qui préfère ne pas se mêler aux autres. Tout le monde sait qu'il y a des garçons et des filles comme ça. Ils sont simplement différents et certains même un peu bizarres. Ça ne lui était jamais venu à l'idée qu'ils voulaient peut-être avoir des amis, mais qu'ils ne savaient pas comment s'y prendre. Elle se dit qu'elle allait éviter de juger les gens trop vite à l'avenir.

CHAPITRE HUIT
Chaos en France : une leçon d'histoire

Emma et Andrew ont encore besoin des conseils de leur prof
d'histoire. Il semble bien que leur grand-père ait été sauvé du camp
de Rivesaltes, mais, avant tout, comment s'était-il retrouvé là ?
Alors, à l'heure de la pause du déjeuner, ils retrouvent M. White
et lui demandent s'il peut les aider un peu plus. Ils lui disent qu'ils
pourront sans doute aller au mémorial à Paris, mais qu'ils ont besoin
de suggestions pour les questions à poser une fois sur place.

Tout d'abord, ils veulent savoir comment leur grand-père a pu être
interné à Rivesaltes avec ou sans sa famille.

— Ça semble vraiment étrange qu'un bébé se retrouve en prison et
en plus sans ses parents ! dit Emma.

— On peut être à peu près sûrs qu'il était avec sa mère. C'étaient
seulement les plus grands qui étaient séparés de leurs parents. Et
naturellement, les pères et les mères étaient séparés aussi les uns des
autres. Les garçons les plus grands étaient sans doute avec leur père.

Emma acquiesce :

— Oui, je l'ai appris en faisant mes recherches sur Mary Elmes.

— Quant à son arrivée là, eh bien, son nom suggère que sa famille était juive et qu'elle venait d'Allemagne, ajoute M. White. Quand Hitler a accédé au pouvoir en 1933, c'est vite devenu évident que les choses allaient être difficiles pour les Juifs, alors ceux qui étaient prudents (et qui pouvaient se le permettre !) sont partis. En France, en Belgique, en Grande-Bretagne, aux États-Unis… là où on voulait bien d'eux. Et puis quand la France et la Grande-Bretagne ont déclaré la guerre à l'Allemagne en 1939, la famille de votre grand-père, qui se trouvait en France à ce moment-là, a dû être arrêtée et envoyée dans un des camps rapidement mis sur pied. Ils ont fait la même chose en Grande-Bretagne avec des familles allemandes, au cas où il y aurait des espions parmi elles. Quand les autorités ont été suffisamment convaincues que ces familles ne présentaient pas de danger, la majorité des femmes et des enfants a été libérée et un grand nombre d'hommes aussi. Et maintenant dis-moi, Emma, que s'est-il passé en mai 1940 ?

— La chute de la France ? demande-elle d'un ton incertain.

— Pas encore ! Ça, ça s'est passé un mois plus tard, mais pendant ce mois-ci, des milliers de personnes de Belgique et des Pays Bas se sont rendus en masse en France, avec les Français du nord de la France. Cette énorme vague d'êtres humains a engorgé les routes menant au sud. La famille de ton grand-père devait être parmi eux. Vers mi-juin, tout était fini, la France était tombée, le nord était occupé par les forces allemandes et le sud est devenu la « zone non occupée » ou la « zone libre », contrôlée par un nouveau gouvernement français installé dans la ville thermale de Vichy.

— Mais mon grand-père n'est né qu'en 1942 !

— C'est vrai ! Il n'y aurait eu que sa mère et son père. Ils auraient tout perdu, sauf ce qu'ils pouvaient porter sur eux. Ils auraient fait la queue aux points de ravitaillement avec tous les autres réfugiés. Et ils n'auraient sans doute pas eu d'amis, parce qu'ils étaient allemands et que c'étaient les Allemands qui avaient créé tout ce chaos !

— Mais ils auraient eu la liberté de se débrouiller comme ils le pouvaient, non ? demande Andrew.

— Pas pour longtemps ! Le nouveau gouvernement de Vichy devait bien rendre quelqu'un responsable de la défaite soudaine, alors il a commencé à imiter l'Allemagne et à stigmatiser les Juifs. Très vite, des lois ont été votées, comme celles décrétées en Allemagne, qui avaient entraîné le départ de vos arrière-grands-parents plus tôt. Tous ceux qui étaient professeurs, docteurs, avocats… toutes les classes professionnelles se sont retrouvées sans travail. Ils ont dû s'enregistrer en tant que Juifs et leur carte d'identité a dû être marquée d'un « J », ce qui les empêchait de retrouver du travail.

— Et ils devaient porter une étoile jaune sur leurs vêtements, n'est-ce pas ? demande Andrew.

— En fait, non ! C'est à peu près la seule chose que le gouvernement de Vichy n'a pas pris aux Allemands. Ce n'était obligatoire que dans le nord, dans la zone occupée. Mais la vie a dû être de plus en plus difficile pour ton grand-père et sa famille. Ils ont sans doute dû rester très discrets. Le mieux aurait été de repartir, mais personne ne pouvait quitter la France sans visa de sortie, et pour en obtenir un, il fallait en faire la demande à la mairie ou dans un endroit similaire, ce qui voulait dire s'exposer et donc prendre plus de risques.

— Alors, comment ont-ils fini dans un endroit comme Rivesaltes ? demande Emma.

— Eh bien, en 1942, la police française de Vichy a commencé à regrouper toutes les familles juives et à les mettre dans des camps. Finalement, elle les a toutes envoyées dans cet énorme camp près de la frontière espagnole, et ensuite, par Paris, dans les camps d'extermination en Pologne. Rivesaltes est en quelque sorte devenue une salle d'attente avant le trajet final.

— Mais les gens devaient bien savoir ce qui se passait ? demande Emma en tremblant. Personne n'a essayé d'empêcher que ça arrive ?

— Si, il y avait ceux qui dénonçaient la façon dont on traitait ces gens que l'on mettait dans des camions et des trains comme des animaux vers un sort inconnu. L'archevêque de Toulouse, par exemple. Il a fait lire une déclaration durant les offices dans chaque paroisse du diocèse, condamnant ce qui se passait. Mais en réalité personne ne pouvait faire grand-chose. C'était trop tard. Sauf une chose : essayer de sauver les enfants..

— Comment ils s'y sont pris ? demande Andrew.

— Pendant un certain temps, plusieurs agences de secours comme la Croix-Rouge ont sorti des enfants des camps et les ont logés dans de grandes villas et des châteaux, avec l'accord du gouvernement de Vichy. Ça arrangeait les autorités puisque ça les libérait de la responsabilité de les nourrir et de les habiller. Les enfants devaient retourner dans les camps à un moment donné. Mais quand on a commencé à remplir les trains de Juifs, Tziganes, et autres soi-disant « indésirables » à partir de 1942, les agences de secours ont réussi à cacher un grand nombre de ces enfants et à faire en sorte que les trains partent sans eux.

— Mais leurs parents étaient dans les trains ? dit Emma.

— J'en ai bien peur. Et c'est comme ça que beaucoup d'enfants se sont retrouvés orphelins, tout comme ton grand-père !

Emma soupire :

— Je ne sais pas si je veux vraiment voir ce camp où tant de si mauvaises choses se sont passées. Mais ce que je veux, c'est essayer de trouver qui a sauvé Grand-père. Je suppose que cette personne est morte maintenant, mais ce serait bien de retrouver ses enfants, si elle en a.

— Et ça demandera un travail de détective, dit le prof. Bonne chance !

Ce soir-là, Emma raconte à ses parents les dernières avancées de la recherche sur le passé de son grand-père.

— Alors maintenant, tu es vraiment certaine que c'est Grand-père qui était là dans le camp ? demande son père.

— Oui, j'en suis sûre ! Tout semble concorder. Mais j'ai tellement hâte d'aller voir ce mémorial à Paris ! M. White pense qu'on y trouvera la preuve qu'on cherche.

Papa soupire :

— Alors c'est encore autre chose que je dois organiser. Il faudra que je trouve un endroit où loger à Paris en arrivant. Je m'en occupe demain !

CHAPITRE NEUF
Le Mémorial de la Shoah

La famille Collins émerge de la bouche de métro à la station Hôtel de Ville et se retrouve sous la bruine dans une rue très animée. Papa, son plan de Paris à la main, essaie de repérer le nord.

— Si le soleil brillait, je saurais vers quelle direction me diriger ! s'écrie-t-il. Mais je ne sais pas de quel côté de la rue on se trouve et je ne sais donc pas s'il faut aller à gauche ou à droite.

— C'est loin d'ici ? demande la mère d'Emma.

— À deux rues d'ici et ensuite quelques mètres plus loin en allant vers le fleuve.

— Je crois qu'on est rue de Rivoli, dit Andrew pour se rendre utile.

— Je le sais bien ! Mais de quel côté de la rue ?

— Marchons un peu pour voir le nom des rues du côté où on est. Ensuite tu pourras les chercher sur ton plan et on saura si on va dans la bonne ou la mauvaise direction !

M. Collins commence à se dire que le cours d'orientation d'Andrew n'était peut-être pas une perte de temps après tout ! Ce que son fils suggère semble logique, bien qu'il ne lui en dise rien. Il a encore du mal à se faire corriger par ses enfants !

Emma ne dit rien. Elle remarque que plusieurs de ses amis ont publié des commentaires sur Snapchat sur ses récentes rencontres avec John Braddock. Ils ont vraiment exagéré, bien sûr ; il ne faisait que l'aider, c'est tout. Elle se rend compte qu'elle le défend mentalement quand elle voit qu'on le traite d'intello ou de mec flippant ! Elle se demande ce qu'il en penserait. Il ne se sert sans doute pas de Snapchat, mais quelqu'un pourrait bien prendre un malin plaisir à lui faire savoir ce qu'on y dit sur lui ! En tout cas, cette histoire l'a contrariée et elle n'a aucune envie d'en parler avec le reste de la famille.

— Oui, c'est ça ! dit Papa. On va dans la bonne direction. On doit tourner là, en bas, et ça devrait être sur la gauche.

C'est vite évident qu'ils se trouvent au bon endroit. Il y a plein d'enfants, sans doute une sortie scolaire, pense Emma. Elle se demande d'où ils viennent. On dirait qu'ils lisent des noms sur un mur. Puis elle se souvient que M. White leur a parlé du mur des « Justes », des hommes et des femmes qui ont risqué (voire perdu) leur vie pour aider et sauver des familles juives. Elle se demande si le nom de Mary Elmes, qui a sauvé tant d'enfants juifs du camp de Rivesaltes, est aussi gravé sur le mur.

Pour entrer dans le musée, on passe par un système de portes compliqué puis par un scanner comme ceux qu'on trouve à l'aéroport. Maman est surprise par le niveau de sécurité et demande ce qu'il peut bien y avoir de si important pour mériter tant de protection.

— Ce n'est pas ça, dit Papa. C'est le risque d'une attaque terroriste qui les préoccupe. C'est un mémorial juif et cet endroit est une cible facile !

C'est donc un peu mal à l'aise que la famille entre dans le musée, à cause de la sécurité, qui est stricte, mais aussi parce qu'avec leur connaissance limitée du français, ils ne savent pas comment ils vont réussir à accomplir ce qu'ils sont venus faire. Ils s'apprêtent à suivre les autres visiteurs quand Emma repère un guichet avec une pancarte portant le mot « Recherche ».

— Je crois qu'on doit aller là-bas, dit-elle.

La jeune femme derrière le guichet lève la tête, sourit et dit quelque chose en français. Emma regarde Andrew d'un air désemparé, alors qu'il fait semblant d'examiner une affiche sur le mur du fond.

— Êtes-vous anglaise ? demande la jeune femme.

— Non, répond Emma, nous sommes irlandais, mais nous parlons anglais, évidemment.

— Je suis désolée. Je vous croyais anglaise parce que votre père vous a parlé en anglais tout à l'heure. Il n'y a pas beaucoup de visiteurs irlandais ici ! Bon, je peux vous aider ?

Emma explique la raison de leur visite et la jeune femme, dont le badge indique qu'elle s'appelle Monique, les conduit vers une de leurs salles de recherches au premier étage.

— Il y a quelques formalités à suivre d'abord, dit-elle, et il faudra laisser vos affaires dans les casiers en haut de l'escalier. Ma collègue

Sabine vous expliquera tout ça. Bonne chance avec vos recherches !

Et sur ce, la voilà repartie !

Après avoir tout placé dans les casiers, à part les crayons et les cahiers qu'ils sont autorisés à garder, ils suivent Sabine qui leur indique deux ordinateurs. Andrew et Emma s'installent à l'un d'eux, leur mère et leur père à l'autre. L'assistant leur donne un paquet de documents dont les feuilles sont agrafées.

— Voici un guide pour nos archives. Ce n'est pas un index, mais ça vous montrera ce qu'il y a dans chaque dossier. Les archives sont divisées en quatre-vingt-quatre boîtes, chaque boîte contient un certain nombre de dossiers et chaque dossier contient beaucoup de pages. Savez-vous quel bureau vous intéresse ?

Les Collins se regardent d'un air incertain. Sabine, remarquant leur trouble, leur demande s'ils savent dans quel camp se trouvait la personne qu'ils cherchent.

— Ah oui, répond Emma, c'est Rivesaltes !

— Dans ce cas-là, il faudra chercher dans les dossiers du bureau de Perpignan. Ils se trouvent dans les boîtes numérotées de un à vingt. Il faut que vous cherchiez des listes de noms et de lettres qui concernent les prisonniers. Un grand nombre de dossiers font référence aux fournitures et à d'autres aspects liés à la routine du camp. Ne vous en préoccupez pas. Le camp de Rivesaltes a été fermé en novembre 1942[6], ce n'est donc pas la peine de regarder ce qui date d'après.

Elle leur sourit alors sans qu'ils réagissent, l'air plutôt dépassé par tout ça :

---

[6] Le camp abritera les troupes allemandes de 1942 à 1944 puis y seront internés d'autres « indésirables » jusqu'en 1977.

— Vous devez penser que c'est comme chercher une aiguille dans une botte de foin, mais vous vous habituerez vite. Vous comprenez le français ?

Ils se regardent à nouveau, se demandant qui va lui répondre en premier. Andrew prend la parole :

— C'est sans doute moi qui parle le mieux, mais je ne parle pas bien. Est-ce que tous les documents sont en français ?

— Pas tous, mais sans doute la majorité. Si vous avez besoin d'aide, n'hésitez pas à venir me voir dans mon bureau.

Encore un sourire et elle s'éloigne, les laissant devant les écrans d'ordinateurs.

— Quel choc, dit Papa, je ne pensais pas… qu'on allait devoir lire ça en français. Ce serait peut-être mieux qu'on change de place. Toi, assieds-toi avec Emma et Andrew, aide ta mère !

Deux bonnes heures se sont écoulées quand Andrew s'écrie :

— Hé, regardez ça ! Je crois qu'on l'a trouvé !

Plusieurs autres chercheurs dans la salle, surpris, lèvent la tête et Andrew balbutie un « *sorry* » gêné et, se rappelant où il est, lance immédiatement un « Euh, pardon ! » en français.

La famille se réunit devant l'écran. Ils lisent :

« À : Mary Elmes

De : Joan Groves

Date : 10 septembre 1942

Chère Mary,

Nous venons de recevoir la dépêche suivante de notre bureau de Londres et vous serions reconnaissants de nous faire part de toute nouvelle concernant ce cas :

EXTREMEMENT URGENT DEMANDONS VOTRE AIDE AVEC L'ASSISTANCE DU BUREAU DE PERPIGNAN CAS 57 ERIC KRAUCH PLUS FAMILLE ILOT K BARAQUE 35 RIVESALTES STOP

Il s'agit du cas à propos duquel nous vous avons écrit le 7 septembre. Nous nous demandons si toute la famille est encore à Rivesaltes ou si elle a déjà été déportée. Pourriez-vous enquêter là-dessus et nous le faire savoir dès que possible ? Merci infiniment pour vos efforts à ce sujet.

Nos salutations distinguées,

Joan Groves »

— Génial, s'écrie Andrew, c'est ça !

— Mais ça ne donne pas le nom des membres de la famille, objecte Papa. On ne peut toujours pas être entièrement certains qu'il s'agisse de la famille de mon père.

— Essaie d'avancer un peu, dit Emma. Les réponses à ces lettres se trouvent souvent quelques pages plus loin.

Andrew fait défiler les pages sur l'écran. Chaque page est en anglais, ce qui facilite la recherche.

— C'est quoi, ça ? dit Papa.

Ils lisent :

« À : Joan Groves

De : Mary Elmes

Date : 12 septembre 1942

Chère Joan,

En réponse à votre lettre du 10 septembre, nous connaissons bien le cas d'Eric Krauch et de sa famille. Le père a été envoyé temporairement dans un camp de travail dans le nord.

La mère et les enfants sont encore à Rivesaltes. Les deux enfants seront sans doute libérés ce soir du camp de Rivesaltes et nous les enverrons à Vernet-les-Bains. »

Il y a aussi des infos sur une autre famille, mais Emma s'arrête de lire.

— Ça doit être ça ! dit-elle. Mais je ne comprends pas, ça dit « deux enfants ». Qui est le deuxième ?

— Peut-être un enfant d'une autre famille, suggère Maman.

— Non, c'est très clair, ça dit bien « les deux enfants ». Grand-père devait avoir un frère ou une sœur, proteste Andrew.

— Alors, dans ce cas-là, pourquoi l'organisation française que John a trouvée ne mentionne pas qu'il y avait un autre enfant ? insiste Emma.

Elle fouille dans son sac et retrouve le mail que John lui avait donné.

— Voilà, regarde ! Ça dit simplement : « Il a été secouru par un représentant de l'AFSC. » Ils l'auraient sûrement mentionné s'il y en avait deux ?

— Et on ne sait toujours pas avec certitude si Grand-père est l'un des deux, dit Andrew. Bien que les dates aient l'air de correspondre… et le fait qu'ils aient été envoyés à Vernet-les Bains, ça ne peut pas être une coïncidence.

Papa se lève et s'étire :

— On commence à fatiguer. On en a fait assez pour aujourd'hui. On a encore demain. Arrêtons-nous pour le moment et allons manger quelque chose !

Maman dit :

— Je connais l'endroit parfait, c'est quelque part dans cette grande rue. Ça s'appelle le BHV, le Bazar de l'Hôtel de Ville. Il y aura forcément un restaurant, là-bas.

— C'est quelle sorte d'endroit ? demande Andrew.

— C'est un grand magasin. J'ai vu ça dans un magazine l'autre jour.

Andrew regarde son père en levant les sourcils :

— Bon, allons-y alors, on te suit !

Ce soir-là, alors qu'Emma est étendue sur son lit, les images des pages qu'elle a lues lui reviennent à l'esprit. Elle essaie de s'imaginer la vie des familles dans les camps. Elle a du mal à s'endormir et même une fois endormie, dans ses rêves, elle continue à chercher la famille de son grand-père.

CHAPITRE DIX
Perpignan

Dimanche 13 septembre 1942

Le bureau des quakers américains comprend un rez-de-chaussée et un premier étage dans une maison avenue des Baléares à Perpignan. C'est une jolie maison dans une belle rue d'immeubles de trois étages, faisant partie d'une rangée continue de maisons, chacune avec son propre style. Le numéro 30 a des balcons à tous les étages.

Mary Elmes, la déléguée en charge, habite dans son appartement au dernier étage. Il est bien équipé avec une cuisine et une salle de bains modernes et son salon a vue sur la rue. Des arbres atteignent presque la hauteur de son appartement et lui donnent un peu d'ombre, ce qu'elle apprécie bien pendant la chaleur estivale. Sa chambre au fond de la maison donne sur un petit jardin ombragé à une bonne distance de la rue bruyante. Mais il n'y a pas trop de bruit, en cette deuxième année de rationnement où les voitures se font rares. L'essence manque à tel point que certains bus marchent au gazogène, tirant derrière eux un fourneau à charbon d'où s'échappe une fumée noire.

Mary est une Irlandaise qui s'occupait d'hôpitaux pour enfants en Espagne pendant la guerre civile espagnole. Elle est arrivée avec des milliers de réfugiés qui, avec grande difficulté, ont traversé les Pyrénées en février 1939 afin d'échapper aux armées du général Franco. Si elle avait été espagnole au lieu d'être irlandaise, elle se serait retrouvée à cette époque dans un des camps aux alentours de Perpignan et elle aurait vécu dans des conditions déplorables. Mais, grâce à sa nationalité, elle se trouve dans un environnement plaisant et confortable, bien que, comme tout le monde en France en temps de guerre, elle subisse toutes sortes de pénuries dont le manque de nourriture.

On est en fin d'après-midi, par une chaude journée d'été et Mary vient juste de finir de dicter un tas de lettres à Jeanne, sa secrétaire française. Contrairement à Jeanne, la plupart des gens qui travaillent là viennent d'Espagne ; grâce à elle, ils ont été sauvés des camps et ont ainsi échappé à la vie monotone et pénible qui y règne. Sa mission a d'abord été de travailler avec ces pauvres réfugiés (surtout des femmes et des enfants) pour leur rendre la vie plus facile en installant des classes pour les enfants, et en approvisionnant les adultes en livres et en instruments de musique. Maintenant, elle s'occupe aussi d'autres camps où des Tziganes, Juifs et autres « indésirables » sont concentrés dans de pires conditions… si toutefois c'est possible !

— Vous voulez bien appeler Victor pour lui dire que je suis prête à me rendre à Rivesaltes maintenant ? demande-t-elle à sa secrétaire.

Jeanne décroche le téléphone pour appeler le chauffeur qui, en plus de conduire Mary dans les différents camps, s'occupe des deux camions qui servent à distribuer des provisions dans la région

— Il vous fait savoir qu'il y aura à peine assez d'essence, dit-elle en raccrochant.

— Il dit toujours ça, mais on se débrouille toujours ! dit Mary avec un

sourire triste. Je parlerai à la préfecture demain pour voir s'ils peuvent nous débloquer quelques coupons de plus.

— Vous ramenez des enfants avec vous, cette fois-ci ? demande la secrétaire.

— Oui ! Les deux enfants Krauch. Il y a un autre convoi qui doit partir demain et il n'est pas question qu'ils en fassent partie. On a écrit à Marseille ce matin pour leur dire que j'allais les faire sortir ce soir. Il n'y a malheureusement rien à faire pour la mère. Vous savez, parfois, j'ai l'impression qu'on facilite la tâche au gouvernement ; qu'on l'aide à envoyer ces pauvres gens au loin, en nous occupant de leurs enfants à leur place. Si jamais les Allemands occupent cette zone, les enfants partiront eux aussi. Il faudra les faire sortir de là en cachette avant que ça ne se produise[7].

Jeanne soupire :

— Je ne sais pas comment vous faites pour persuader des parents comme Madame Krauch d'abandonner leurs enfants, dit-elle. Je sais que je n'aurais jamais laissé partir les miens si j'avais été à Argelès.

— Mais vos enfants n'auraient pas risqué la mort, répond Mary, puisque vous n'êtes pas juive !

— Vous croyez vraiment qu'on emmène ces gens pour les tuer ? demande pensivement la secrétaire. On dit qu'on les réinstalle en Silésie pour les faire travailler dans les mines.

Mary rétorque, incrédule :

— Des enfants ? Des bébés encore au berceau ? De vieilles femmes

---

[7] C'est en fait à la demande faite aux Nazis par le président Pierre Laval et René Bousquet, secrétaire général de la police du régime de Vichy, que l'on déporte des enfants juifs dans les camps de la mort.

qui marchent avec des béquilles ? Des patients sortis de force des lits d'hôpitaux ? Je ne sais pas où ils les transportent, mais ils ne reviennent jamais ! Certains hommes en bonne forme comme M. Krauch sont envoyés dans des camps de travail et reviennent généralement après environ six mois. Mais quand les trains partent de Rivesaltes, on n'en entend plus jamais parler. Et pourquoi seulement les Juifs ? Jamais les Espagnols, heureusement ! Mais pourquoi pas ? S'ils sont censés former la main-d'œuvre, on devrait les choisir parmi les plus forts de toutes les races et religions !

— Mais si, ils envoient aussi des Espagnols, proteste Jeanne. Et la Señorita Garcia, alors ? Elle était espagnole !

Mary secoue la tête tristement :

— Oui, c'est vrai qu'elle était espagnole. Mais c'était une Juive espagnole !

La porte s'ouvre et un vieil homme au visage tanné apparaît :

— La voiture est prête, madame !

— Merci, Victor. Je n'en ai que pour une minute. Je vous retrouve dehors.

Le téléphone sonne ; le capitaine Humbert décroche puis raccroche sans dire un mot. En se levant, il attrape sa casquette et se dirige vers la porte au moment où la vieille Citroën se gare le long du bâtiment. La vitre de

la voiture se baisse et le capitaine serre la main que Mary Elmes lui tend.

— Bon après-midi, Madame Elmes ! Où voulez-vous vous rendre aujourd'hui ?

Il sait fort bien, évidemment, que la représentante quaker ne peut avoir qu'une seule raison de demander la permission d'entrer dans le camp de Rivesaltes en ce dimanche après-midi. Demain, le cinquième convoi doit partir pour une « destination inconnue ». C'est à lui de s'assurer que tout soit prêt pour son départ et qu'on fasse monter dans le train le nombre de prisonniers requis avant le départ prévu à sept heures du matin. Ils ont déjà été choisis et prévenus. Il y a environ six cents hommes, femmes et enfants, cette fois-ci, de quatre à quatre-vingt-trois ans. Parmi eux, quatre-cent-cinquante Juifs viennent juste d'arriver vendredi du camp des Milles près de Marseille. Les autres cent cinquante personnes attendent depuis plus longtemps, après avoir été raflées dans la zone occupée. Il ne fait aucun doute que Madame Elmes tentera de faire sortir des enfants du camp. Il n'y voit pas d'objection, à condition, bien sûr, qu'il s'agisse uniquement des douze enfants de moins de seize ans qui ont déjà été sélectionnés. Il respecte cette grande quaker irlandaise aux manières rapides et directes et il a l'impression qu'elle le comprend également.

Mary Elmes sourit au capitaine :

— À l'îlot K, comme d'habitude, répond-elle. J'ai trouvé un endroit où placer deux autres enfants et je voudrais que vous me donniez la permission de vous les prendre.

Mary sait que le capitaine déteste son travail et qu'il coopère autant que possible avec les différentes associations de secours. C'est pour cette raison qu'elle regrette amèrement que certaines d'entre elles ne veuillent plus travailler dans le camp. Ces associations ont l'impression qu'en acceptant de coopérer avec les autorités, elles reconnaissent que les conditions de vie à Rivesaltes sont satisfaisantes, ce qui bien sûr, n'est pas le cas. Les internés sont mal nourris et mal logés. Ils vivent dans des conditions sordides avec des rats qui se faufilent partout et les seuls vêtements qu'ils possèdent sont ceux qu'ils portaient en arrivant au camp. Or, que ces associations retirent leurs services revient à dire qu'elles tournent le dos à ces pauvres gens par principe.

— Ça ne devrait pas créer de difficulté, répond le capitaine. Il faudra suivre les formalités habituelles ; bien sûr, il me faudra l'accord des parents par écrit et, comme d'habitude, il faudra que je sache où les enfants seront placés. Il faut qu'on puisse les faire revenir au camp à tout moment, si Vichy l'exige.

Il sait, tout comme Mary, que si cela devait arriver, on apprendrait que les enfants avaient « mystérieusement disparu » de leur colonie. De telles choses s'étaient produites dans le passé !

La Citroën traverse la poussière et la boue pour arriver à l'entrée de l'îlot K. Comme le camp lui-même, l'îlot K est entouré de barbelés et on ne peut donc y accéder que par un autre portail gardé. Une fois les laissez-passer vérifiés, Mary descend de voiture pour se rendre à la baraque numéro 35. À cause de la chaleur, la plupart des femmes sont assises dehors, sur des sièges improvisés comme des boîtes et des caisses retournées. Il n'y a rien qui ressemble à des meubles dans les baraques de Rivesaltes !

Elle trouve Madame Krauch assise à l'écart, son bébé dans les bras. Lotte, sa petite fille de presque trois ans, joue tout près avec d'autres enfants.

— Bonjour Helga ! dit Mary.

Helga Krauch lève la tête et Mary voit qu'elle a pleuré. Elle lui touche doucement l'épaule et dit :

— Je suis venue chercher vos enfants, mon amie. Vous savez que vous pouvez me faire confiance, on s'en occupera bien et on les mettra en

sécurité dès que possible.

Helga tend le bébé à Mary et dit :

— Prenez-le. Prenez mon petit Franz ! Il est trop petit pour savoir ce qu'il lui est arrivé ! Mais je ne laisserai pas partir Lotte !

La représentante quaker est choquée :

— Mais Helga, pas plus tard qu'hier vous avez accepté de les laisser partir tous les deux ! Vous avez signé les papiers. Je les ai ici ! Et le capitaine Humbert a donné son accord. Vous ne pouvez pas refuser une telle occasion !

La mère pleure à nouveau :

— Je ne sais pas ce qui va nous arriver, à nous tous, mais je ne pourrais jamais plus regarder mon mari en face si je devais lui apprendre que je vous ai laissé prendre Lotte. Je lui dois de m'assurer que rien de mal ne lui arrivera. Quelle sorte de mère serais-je si je vous laissais prendre une enfant qui a connu mon amour pendant trois ans ? Qui lui expliquera que sa mère ne veut plus d'elle ?

Mary ne répond pas. Que pourrait-elle dire ? Peut-elle lui dire ce qui l'attend sans doute au bout des rails du chemin de fer ? Et si elle avait tort ? Et s'il y avait en fait une nouvelle vie avec un meilleur logement et de la bonne nourriture qui l'attendait ? Enfants et parents mouraient ici de malnutrition et de maladies. Est-ce que ça pouvait vraiment être pire que ça là où on les emmène ?

— C'est votre dernier mot ? demande-t-elle.

La jeune femme acquiesce. Elle sort de sa poche une vieille photo de la maison familiale dans un village près de Breslau. Au dos, elle a écrit le nom et l'adresse de son mari à Rivesaltes. Elle déchire la photo en deux et donne le morceau avec l'adresse à Mary.

— Qu'il garde ça avec lui, dit-elle, c'est l'adresse de son père. Il reviendra peut-être un jour.

Mary prend le bébé dans ses bras et, après un dernier adieu, retourne à la voiture.

Mary Elmes n'a pas pu se résigner à aller voir le convoi partir le lendemain matin. Quand ses assistants reviennent du camp plus tard, ils sont profondément bouleversés.

Ils ont vu Helga Krauch monter dans le train avec sa petite fille, ainsi que des centaines d'autres prisonniers. Et puis, juste avant sept heures, au moment du départ, un cri strident provenant du quai s'est fait entendre.

— C'est une femme belge, dit l'une. Elle est venue dire au revoir à son mari avec ses deux enfants. Lui est juif, mais elle non apparemment, alors ses enfants et elles ont échappé à la déportation. Mais les gardes se sont rendu compte qu'il manquait trois personnes au nombre indiqué sur la liste, alors ils les ont attrapés, elle et ses enfants, et les ont jetés dans le train pour arriver au nombre voulu. Elle criait : « Je ne suis pas juive ! Je ne suis pas juive ! Ces enfants ne sont pas juifs ! ».

Mary est horrifiée.

— Qu'avez-vous fait ? dit-elle en tremblant.

— *On est descendus sur le quai et on a supplié les gardes de les laisser descendre du train. « Ils ne sont pas juifs », avons-nous dit. Et vous savez ce que les gardes ont dit ?*

Mary secoue la tête.

— *Ils ont dit : « Eh bien, qui d'entre vous va remplacer ceux qui manquent ? ». Et nous étions si honteux ! Comme si tout aurait été dans les règles si ces trois-là avaient été juifs !*

Mary ne dit rien pendant quelques instants. Elle regarde par la fenêtre, se représentant trop bien la scène. Puis elle se tourne vers ses assistants.

— *Vous devriez manger votre petit-déjeuner. Vous vous êtes levés tôt ce matin. Vous avez fait tout ce que vous pouviez ! Et maintenant, je vais commander à manger et à boire pour ces pauvres gens !*

Elle décroche le téléphone et appelle le bureau de Toulouse. Quand quelqu'un répond, elle dit : « Joyeux soixantième anniversaire, Alice[7]! » et raccroche.

La réceptionniste de Toulouse raccroche elle aussi, se lève de sa chaise et descend le couloir qui mène à la cantine.

— *Ils arrivent ! Six cents portions ! Vous avez deux heures !*

La plupart des organismes de secours ont le droit de se rendre sur les quais de gare pour apporter à manger et à boire aux déportés dans les trains. Mais les autorités ne les avertissent pas suffisamment à temps de l'heure d'arrivée des trains ou du nombre de gens qu'il faudra nourrir. Alors Mary avait conçu un code tout simple : « Joyeux anniversaire » voulait dire que le train arrivait et « soixante » dans ce cas-ci voulait dire qu'il fallait environ 600 repas.

---

[8] Référence à Alice Resch Synnestvedt, qui travaillait pour le bureau des quakers à Toulouse.

CHAPITRE ONZE
Le Languedoc

Lundi 14 septembre 1942

Il commence déjà à faire chaud et le train roule lentement sur les rails en s'éloignant de Rivesaltes. Helga Krauch tient sa fille Lotte sur ses genoux ; heureusement, elle s'est endormie ce qui rend la situation un peu plus facile. Elle se demande comment elle va s'y prendre quand Lotte se réveillera et demandera à manger et à boire. Il y a des provisions dans le train, mais elle ne sait ni comment ni quand elles seront distribuées. Heureusement, il y a des toilettes au bout du couloir. Les femmes et les enfants voyagent dans des voitures ordinaires, sales et en mauvais état, mais au moins ils ne sont pas traités comme des bestiaux ! Elle frissonne en pensant aux wagons à bétail à l'avant du train où les hommes se trouvent tous confinés.

Bien qu'Helga n'en sache rien, puisque les nouvelles n'arrivaient jamais jusqu'aux détenus de Rivesaltes, l'archevêque de Toulouse avait causé des remous quelques jours après le passage du premier convoi dans la ville. Il avait été horrifié de la façon dont on traitait ces pauvres gens et avait écrit une lettre qui avait été lue dans toutes les églises du diocèse le dimanche suivant. La lettre contenait ces mots :

« Que des enfants, des femmes, des hommes, des pères et des mères soient traités comme un vil troupeau, que les membres d'une même famille soient séparés les uns des autres et embarqués pour une destination inconnue, il était réservé à notre temps de voir ce triste spectacle. [...]

Les Juifs sont des hommes, les Juives sont des femmes. Tout n'est pas permis contre eux [...] Ils font partie du genre humain. Ils sont nos Frères comme tant d'autres. »

Le compartiment est bondé de femmes de tous âges. Lotte est la seule enfant ; en fait, il n'y a que trois autres enfants en dessous de dix ans dans tout le train. Helga se dit que les autres mères ont eu le courage dont elle a manqué et qu'elles ont confié leurs enfants aux secouristes. A-t-elle commis une immense erreur en refusant de se séparer de Lotte ?

Le train passe devant de grands étangs sur un côté. Il y a d'étranges oiseaux pataugeant dans les eaux peu profondes. Étant donné leur couleur, ça doit être des flamants roses. En regardant dans la direction d'où ils viennent, elle peut voir une chaîne de montagnes qui semblent venir s'écraser dans la mer, mais elles paraissent de plus en plus distantes à présent. C'est magnifique à voir. Elle se demande comment quelque chose de si beau peut se trouver si près de la saleté et de la laideur du camp. Ses pensées sont interrompues par une conversation près d'elle. Les femmes ne sont pas d'accord sur la destination du train.

— Une chose est sûre, dit une femme âgée, ils ne nous envoient pas en Espagne ! Ce sont les Pyrénées là-bas et on roule dans la direction opposée ! Mon mari et moi, on a quitté l'Allemagne en 1934 quand la situation est devenue plus difficile pour nous en tant que Juifs. On s'est

installés en France, pensant y refaire notre vie. Tout le monde sait que les Français sont des gens bien, il n'y a pas d'antisémitisme en France ! Et puis, il y a trois ans, la France a déclaré la guerre à l'Allemagne, alors ils nous ont regroupés et mis dans des camps. Eh bien, ça se comprend ! On aurait pu être des espions, je suppose. Maintenant que l'Allemagne a gagné la guerre, les Allemands contrôlent le nord, mais on est libres ici, dans le sud (ou en tout cas, on est censés l'être), alors qu'ils nous laissent passer la frontière espagnole ! Ou bien, qu'ils nous emmènent à Marseille pour nous embarquer sur un bateau en direction de l'Amérique. Du moment qu'on nous protège des Nazis ! Mais où nous emmènent-ils ? Ils nous ramènent en Allemagne, je vous dis ! Et vous pouvez bien deviner ce qu'ils vont faire de nous là-bas !

Il y a à présent un brouhaha général dans la voiture ; tout le monde essaie de parler en même temps. Alors que le bruit commence à s'atténuer, Helga se rend compte que le train s'arrête. Elle aperçoit par la fenêtre des pancartes sur le quai qui indiquent « Narbonne ».

Il fait très chaud à présent dans le train, mais l'auvent de la gare procure un peu d'ombre. Les fenêtres et les portes sont verrouillées et il n'y a pas moyen d'aérer les voitures, alors l'arrêt à la gare est particulièrement apprécié. Quelques minutes plus tard, la vieille locomotive qui avait tiré le train passe devant leur fenêtre. Il y a bientôt une secousse, au moment où on l'attache à leur extrémité du train.

— Je crois qu'ils vont nous ramener ! crie quelqu'un.

Effectivement, le train commence à repartir dans la direction d'où il est venu. La crainte de se rendre à l'est vers l'Allemagne commence à s'estomper. Mais cette fois-ci, il n'y a ni étangs ni flamants roses ; au lieu de cela, le train passe entre des chaînes de collines. Une femme assez jeune regarde le soleil et fait quelques calculs :

— On allait vers le nord, dit-elle. Maintenant, on va vers l'ouest !

Il y a un bourdonnement de conversations. L'ouest, c'est mieux ! Les seuls pays au sud-ouest de la France sont l'Espagne et le Portugal. À moins qu'ils n'aillent à un port sur la côte ouest de la France ? Bordeaux, peut-être ? Mais cette côte se trouve en zone occupée, sous le contrôle des Allemands ! Des vagues d'espoir et de peur se succèdent. S'agit-il de bonnes ou de mauvaises nouvelles ?

Il est presque 22h30 quand le train s'arrête à nouveau. Un grand nombre de femmes somnole, mais Lotte s'est réveillée et se met à pleurer. Sa mère se donne beaucoup de mal pour la distraire. Elle n'a aucun jouet, même pas une poupée ou un nounours. Ils n'ont eu le droit d'emmener qu'un petit paquet de vêtements de rechange, ce qui est totalement insuffisant pour plus d'un jour ou deux.

Les femmes essaient de s'approcher des fenêtres pour voir ce qui se passe. Le son de portes qui claquent se fait entendre et le bruit et l'odeur de vapeur et de fumée indiquent que la locomotive n'est qu'à quelques mètres d'elles.

Sur le quai, une petite armée constituée principalement de femmes pousse des chariots vers les portes du train qu'ouvrent des hommes en uniforme de police.

— Où sommes-nous ? demande quelqu'un.

— À Toulouse ! répond le policier qui vient d'ouvrir la porte. Maintenant, asseyez-vous et tenez-vous tranquilles. Vous avez de la chance, ces bonnes gens vous ont apporté de quoi dîner !

En effet, un chariot plein de riz fumant apparaît à la porte ouverte. Quelqu'un d'autre arrive avec des assiettes en fer-blanc, des cuillères, des gobelets et des pichets d'eau.

Le policier repère Helga et Lotte et les fait avancer vers la porte du train. Il jette un coup d'œil furtif sur le quai, et se retournant vers elles, leur sourit discrètement et demande à Helga à voix basse :

— Vous avez toujours l'intention de garder votre enfant avec vous ?

Helga est surprise qu'on s'adresse à elle ainsi ; l'officier est de toute évidence au courant de son indétermination. À moins que ce ne soit parce qu'elle est pratiquement la seule mère dans le train avec un enfant ? Voyant qu'elle ne sait que répondre, le policier ajoute :

— Quand vous arriverez à Montauban, à l'arrêt suivant, si vous avez changé d'avis, que votre enfant soit prêt et quelqu'un sera là pour la prendre.

Helga se prend à hocher la tête sans dire un mot.

— Il faudra que ça se fasse vite et sans faire d'histoires. Je serai à nouveau à cette porte et il y aura une de ces personnes ici pour s'occuper d'elle.

Il se tourne et fait un geste de la main pour indiquer les bénévoles qui s'affairent avec les chariots.

— Faites-nous confiance, ce sera bien mieux !

Puis il se retourne et s'éloigne le long du quai.

Les autres femmes du convoi ont écouté ces mots avec étonnement. Leurs propres expériences aux mains des policiers français ne leur ont inspiré que peur et dégoût. Une femme dit d'un ton incrédule :

— En voilà de la bonté à votre égard ! Ne la gâchez pas !

Quelqu'un d'autre dit :

— *Il doit avoir des connexions avec la Croix-Rouge suisse.*

— *Ou avec les quakers ! dit quelqu'un assis près de la porte.*

Une des femmes se déplace pour laisser son siège à Helga :

— *Asseyez-vous là avec votre petite fille. Ce sera plus facile pour vous quand vous arriverez à Montauban !*

— *Combien de temps ça prendra à votre avis ? demande Helga en prenant sa place.*

L'avis général dans la voiture est que ça ne devrait pas prendre plus d'une demi-heure à partir du moment où ils se remettront en route.

Quelques instants après, on entend un coup de sifflet en provenance de la locomotive et, avec une secousse, le train se met en marche. Alors que le train sort de la gare, Helga trouve l'autre moitié de la photo et la glisse dans la robe de Lotte. Elle n'a aucun moyen d'écrire quoi que ce soit au dos cette fois-ci.

La remise de l'enfant se produit beaucoup plus facilement qu'on aurait pu l'imaginer. Le train s'est arrêté à Montauban et Helga est restée assise avec Lotte, ne sachant pas à quoi s'attendre ou que faire. Il y a une grande agitation à l'arrière du train, là où se trouvent les wagons pour hommes et toute l'attention se porte sur eux. C'est à ce moment-là que le gentil policier arrive avec une magnifique poupée espagnole. Il la tend à Lotte qui, à son tour, tend ses bras pour attraper la poupée. En un clin d'œil, elle est dans les bras de l'homme ; il se retourne, serrant toujours la poupée, et disparaît dans un groupe de bénévoles qui se tiennent debout derrière lui pour les cacher. Ils se fondent dans la foule qu'Helga scrute de toutes ses forces, mais Lotte est partie !

Helga, les larmes coulant le long de son visage, est réconfortée par les autres femmes de la voiture.

— Quand elle sera plus grande et qu'elle comprendra ce que vous avez fait et pourquoi vous l'avez fait, elle vous remerciera ! dit l'une d'elles.

Les autres approuvent puis se taisent en pensant au sort auquel Lotte a peut-être échappé et qui les attend sans doute.

Cobh

Cork

Le mur des noms, Mémorial de la Shoah à Paris

Le mur des Justes, Mémorial de la Shoah à Paris

Salle des recherches au Mémorial de la Shoah à Paris

*« Ça s'appelle le BHV, le Bazar de l'Hôtel de Ville.
Il y aura forcément un restaurant, là-bas. »*

Drancy, mémorial dédié aux victimes du camp

Drancy, ses rails et la réplique d'un wagon servant à la déportation des prisonniers

Le mémorial de la Retirada d'Argelès

Collioure et les marches qui longent le mur du château

Plaques commémorant les différents groupes de victimes internés au camp de Rivesaltes

L'intérieur d'une des baraques du camp de Rivesaltes

Latrines de Rivesaltes

Rampe menant à l'entrée du Mémorial du camp de Rivesaltes

Ron Friend : l'enfant qui a servi d'inspiration à l'auteur de ce roman

Réfugiés espagnols au camp d'Argelès
(crédit photo : Chauvin, Mémorial du camp d'Argelès)

La maternité rénovée, aujourd'hui un musée

Quelques unes des photos de la Retirada exposées à la maternité

Mary Elmes à une station d'alimentation à Almería
(crédit photo : motherjones175.files.wordpress)

*Avenue des Baléares, où
Mary Elmes a vécu à Perpignan*

*Pont Mary Elmes :
inauguration*

CHAPITRE DOUZE
Les convois

Le lendemain matin, les Collins retournent au Mémorial de la Shoah. Juste avant, ils ont passé un long moment assis au petit déjeuner à discuter de leurs projets pour la journée. Papa dit que, malgré leur soif de découvrir tout ce qu'ils peuvent sur Grand-père et son camp, ils devraient aussi trouver le temps de visiter un peu Paris.

— Je ne crois pas qu'on trouvera grand-chose de plus de toute façon, acquiesce Andrew. On a passé des heures à fouiller ces dossiers sur l'ordi hier et à part ces deux lettres, on n'a vraiment rien trouvé !

Emma n'est pas d'accord :

— Ce qu'on a trouvé était super important en fait. Du coup, on est archisûrs maintenant que Grand-père était à Rivesaltes et qu'il a été sauvé par Mary Elmes. En plus, on sait qu'ils étaient deux !

— Non, ce n'est pas vrai, objecte Andrew, on sait seulement que

Mary avait l'intention de sauver deux enfants. On ne sait pas si elle l'a vraiment fait. Et le fait que l'organisation juive ne mentionne que Frantz suggère que quelque chose a dû mal se passer et que l'autre enfant ne s'en est sans doute pas sorti.

— Vous savez ce que je pense ? dit Maman, qui a gardé le silence jusqu'à présent.

— Qu'est-ce que tu penses ? demande Papa.

— Je crois qu'on devrait parler avec cette aimable jeune femme française, Sabine, si je ne me trompe pas. On pourrait lui expliquer ce qu'on a appris et ce qu'on aimerait encore savoir. Elle pourra peut-être nous suggérer quoi faire !

Les autres trouvent cette idée excellente et c'est donc ce qu'ils font après avoir passé le portique de sécurité.

Sabine écoute leur histoire et leur pose quelques questions.

— Je ne crois pas qu'il y ait beaucoup de doutes, dit-elle. Mary Elmes n'a pris qu'un enfant. Cela semble assez certain. Qu'est-il arrivé à l'autre ? La mère a presque sûrement changé d'avis ; elle a dû refuser de s'en séparer. On voit beaucoup d'exemples de ce genre dans nos dossiers. Les mères ne pouvaient tout simplement pas croire que leurs enfants seraient mieux avec des inconnus que sous leur propre protection. Mais, bien sûr, elles n'avaient aucune idée de ce qui les attendait.

— Alors vous pensez que Grand-père avait un frère ou une sœur qui aurait péri à Auschwitz ? demande Emma. C'est horrible !

— Toutes les victimes de la Shoah ont perdu des membres de leur famille et il y a beaucoup de cas de frères et sœurs qui ont été séparés ; certains ont survécu et d'autres sont morts. Mais si vous voulez vraiment savoir la vérité sur votre ancêtre, on peut sans doute la découvrir tout de suite ! Vous voulez qu'on essaie ?

Les Collins se regardent d'un air consterné. Ils ne s'attendaient pas à ça ! Emma parle la première :

— Eh bien, c'est de ta tante ou de ton oncle qu'il s'agit, Papa ! Tu veux savoir ?

Tous les regards se portent sur lui. Il prend une grande respiration et hoche la tête.

— Allons-y, s'il vous plaît ! dit-il.

Sabine les entraîne vers un bureau et installe des chaises. Puis elle allume l'ordinateur et tape quelque chose sur le clavier. Se tournant vers eux, elle demande :

— Avez-vous entendu parler des Klarsfeld ?

Ils secouent la tête.

— Non, dit Papa. On devrait savoir qui ils sont ?

— Sans doute pas, si tout ça est nouveau pour vous, dit Sabine en souriant. Serge et Beate Klarsfeld ont fait un énorme travail de recherche pour retrouver les Juifs français qui ont péri dans la Shoah. Surtout les enfants. Ils en ont identifié plus de 11 000 ; ils voulaient qu'on les connaisse par leur nom, pas juste en tant que « les 11 000 », et ils les ont classés par nom et dernière adresse connue. Dans le cas de 2 500 enfants, il y a même une photo. Et ils veulent que ceux qui ont survécu les aident à trouver des photos de tous les autres.

Pendant tout ce temps, Sabine tape sur le clavier. Elle se tourne vers les membres de la famille qui ont quitté leur place et se pressent maintenant autour d'elle.

— Regardez, dit-elle, nous-y voilà ! C'est le convoi 33 de Drancy. Ce convoi inclut tous ceux qui venaient d'arriver de Rivesaltes dans le convoi numéro cinq. Vous voyez, ça dit : « *Camp de Rivesaltes — 571 noms. Ce groupe est arrivé à Drancy de Rivesaltes le 15 septembre* ». C'est juste deux jours après que votre grand-père a été sauvé. Vous voyez ici, ça vous dit dans quelle salle ils étaient internés à Drancy. Et si on clique ici… on obtient la liste des enfants du convoi.

Elle descend jusqu'à la lettre K :

— Et il n'y a pas de Krauch, ce qui veut dire que le frère ou la sœur de votre grand-père n'a pas péri à Auschwitz !

— Waouh, s'exclame Andrew, je n'en reviens pas ! Alors que s'est-il passé d'après vous ?

— Peut-être que votre grand-mère a changé d'avis. Une occasion a pu se présenter avant d'arriver en zone occupée. Après ça, ç'aurait été trop tard.

— Alors vous pensez que le frère ou la sœur de Grand-père aurait pu survivre ? demande Andrew.

— C'est tout à fait possible !

— Et la mère de Grand-père ?

— Eh bien, Serge Klarsfeld n'a catalogué que les enfants. Il faut regarder ailleurs pour trouver les noms des victimes d'âge adulte.

Elle s'apprête à taper autre chose, mais Emma l'arrête.

— Attendez, dit-elle, certains enfants de la liste sont sans adresse ! Il y a juste un espace vide pour certains. Pourquoi ?

— Bien vu, répond Sabine. Mais vous voyez le lieu de rassemblement pour la majorité d'entre eux ? C'est Rivesaltes ; c'est donc bien leur dernière adresse ! La plupart de ceux qui ont une adresse ont été rassemblés à Drancy et on peut voir d'où ils ont été emmenés et leur adresse exacte ici à Paris.

Emma a l'air perplexe :

— Qu'est-ce que c'est, Drancy ?

— Encore une bonne question ! Mais trouvons votre arrière-grand-mère d'abord. On doit se rendre sur la base de données. Voilà, regardez : « Rechercher une personne ». Quel était son nom ?

— Nous ne connaissons pas son prénom, dit Papa, juste son nom de famille, « Krauch ».

— OK ! Ce ne sera pas évident s'il y en a plusieurs. Essayons… Ah voilà, il y en a juste un ! Lisez vous-mêmes.

Andrew se penche et dit :

— C'est tout en français !

— Désolée, dit Sabine en souriant, j'avais oublié ! Je vais traduire. Ça dit : « *Madame Helga Krauch, née le 17 janvier à Breslau. Déportée à Auschwitz par le convoi 33 en partance de Drancy le 16 septembre 1942* ».

— Alors, elle est vraiment morte là ? demande Andrew.

— C'est presque certain. Je suis désolée. Mais j'imagine que vous vous en doutiez déjà. En tout cas, vous avez son nom maintenant. Ça vous aidera dans vos recherches. Helga Krauch de Breslau !

— Où est Breslau ? demande Papa. En Allemagne ?

— À l'époque, oui. Maintenant, ça fait partie de la Pologne et ça s'appelle Wroclaw, ou Vratislavie en français. Mais vous vouliez savoir, pour Drancy ?

— Oui ! dit Emma. Vous avez dit qu'on les rassemblait à Drancy. C'est le nom d'un endroit ?

— Drancy est une banlieue de Paris, répond Sabine. Juste avant la guerre, on a commencé à y construire un nouveau lotissement avec de grands immeubles. Ça devait s'appeler « La cité de la Muette » parce que c'était censé être un endroit paisible et reposant. Mais sous l'occupation allemande, c'est devenu une espèce de lieu d'internement temporaire pour tous ceux considérés comme « indésirables » dont bien sûr les Juifs. Des choses terribles s'y sont passées. Heureusement, il semblerait que votre Helga n'y soit restée qu'une nuit, bien que le trajet vers l'est ait dû être horrible aussi !

— Ça existe encore ? demande Maman.

— Oui, et il y a des habitants dans ces immeubles. Mais il y a aussi un mémorial et un musée. Si vous avez le temps, je crois que vous devriez vous y rendre !

— On peut y aller ? demande Emma en regardant ses parents.

— On avait dit qu'on profiterait de l'occasion pour visiter Paris davantage, répond sa mère. C'est peut-être ce qu'on devrait faire cet après-midi ! On a le reste de la journée libre. Comment y va-t-on ?

Sabine explique la meilleure façon de se rendre à Drancy, et promet de continuer à chercher des renseignements qui pourraient les aider à retrouver le frère ou la sœur de Grand-père.

CHAPITRE 13
Drancy

Ça ne semble pas évident d'aller à Drancy et les Collins ont faim, alors Maman les emmène à nouveau au Bazar de l'Hôtel de Ville, le BHV, où ils savent qu'ils peuvent se reposer et trouver de quoi déjeuner. Après avoir mangé, Papa et Andrew se penchent sur le plan du métro et essaient de suivre les instructions qu'on leur a données, pendant que Maman et Emma font un dernier tour dans le magasin.

— On doit prendre le métro jusqu'à République et changer de ligne, dit M. Collins. Ensuite on prend celle-là jusqu'à… Où elle a dit qu'il fallait descendre ?

— Porte de Pantin ! répond Andrew. Regarde, c'est là. Ensuite, il faut prendre le bus 151 jusqu'à l'avenue Jean Jaurès. Ça a l'air assez simple !

À nouveau réunis, ils se mettent en route pour Drancy. Emma songe à la mère de son grand-père qui a fait le même trajet. Comme elle, ils ne savent pas ce qui les attend une fois arrivés. Mais contrairement à elle, ils sont libres de se déplacer à leur gré.

Tout marche comme sur des roulettes ! Ils sortent du métro, montent dans le bus 151 garé juste devant et se retrouvent bientôt dans une longue rue droite qui semble interminable. Mais vingt minutes plus tard, le signal automatique indique que Jean Jaurès est le prochain arrêt. Ils descendent et se retrouvent à un carrefour dans un quartier populaire.

— C'est par là ! annonce Andrew, en les entraînant vers le coin de la rue.

Sur leur droite, il y a un grand parking et tout droit, sur la gauche, on peut voir une pelouse. En s'approchant, ils se rendent compte qu'ils ont atteint leur but.

Au-delà de la pelouse se trouve un grand espace avec des arbres et des bancs. Cet espace ouvert est entouré d'immeubles disposés en rectangle, les deux bâtiments les plus longs se trouvant sur la gauche et la droite, et au loin, le côté le plus étroit rejoignant les deux autres. Les immeubles font quatre étages de haut, avec une terrasse couverte au rez-de-chaussée. Ils ont l'air d'être en assez bon état et sont, de toute évidence, habités. Ç'aurait pu être n'importe quel vieil ensemble de banlieue, mais ce qui le différencie est qu'il y a des voies ferrées au centre du rectangle. Et sur ces rails, il n'y a qu'un seul wagon.

— Qu'est-ce qu'il y a d'écrit sur le wagon ? demande Mme Collins.

Les mots sont écrits en français et ont été effacés avec le temps, mais sont encore à peu près lisibles.

— Ça dit « 40 hommes debout, 8 chevaux en long » ! traduit

Andrew.

« Alors c'est ça qui les emmenait aux camps de la mort », pense Emma. Elle regarde autour d'elle. Les gens vont et viennent sans remarquer le wagon. Ils doivent passer devant tous les jours ! « Ça ne veut sans doute plus rien dire pour eux après tout ce temps. »

Il y a plusieurs plaques commémoratives, en français, bien sûr. Les deux adolescents ont du mal à traduire les inscriptions.

— Celle-ci a été placée ici en 1993, date du 50ᵉ anniversaire de ce qui s'est passé ici, dit Andrew. Il y a marqué que des milliers de Juifs, Tziganes et étrangers ont été déportés d'ici dans les camps nazis où presque tous sont morts !

Ils essaient de traduire l'autre plaque, un peu plus loin au bord du périmètre, quand un vieil homme s'arrête pour leur demander s'ils ont besoin d'aide.

— C'est un peu difficile, dit Emma. On sait que ça a à voir avec un tunnel, mais on ne comprend pas à quoi servait le tunnel !

— Cette plaque indique la trajectoire d'un tunnel d'évasion, dit-il. Je vais vous le traduire : « *Sous ce passage, à un mètre et demi de profondeur, se trouve le tunnel d'évacuation du camp de Drancy. 70 prisonniers, divisés en trois équipes, ont travaillé nuit et jour pour le finir. Il a été commencé en septembre 1943 ; il faisait 36 mètres de long quand il a été découvert par les Nazis en novembre 1943 et n'a jamais été terminé. Il ne manquait que trois mètres pour atteindre la liberté !* »

— Quelle horreur ! dit Mme Collins. À seulement trois mètres de la liberté ! Je me demande ce qui leur est arrivé.

— Je ne comprends pas, dit Emma, en regardant autour d'elle. Ce n'est pas du tout comme je me l'imaginais. Il n'y a que trois immeubles avec des appartements. Ils devaient certainement pouvoir s'en aller quand ils le voulaient !

L'homme explique d'un air triste :

— Ce n'était pas si facile que ça ! L'endroit était entouré de barbelés et il y avait des tours de guet à chaque coin. Ces appartements étaient conçus pour 700 personnes, mais par moments, ils en contenaient plus de 7000. Pas seulement dans les appartements, cela va de soi, mais partout sur ce terrain qui n'avait ni pelouse ni arbres, seulement du béton. Parfois, il y avait jusqu'à cinquante personnes qui dormaient dans une chambre ! Ils étaient dans des lits superposés, deux ou plus par lit. Ils étaient par terre sous les lits, sur les tables, dans les escaliers et sur les paliers. Et pas d'endroits convenables où se laver ou faire ses besoins. En tout, presque cent mille personnes, hommes, femmes et enfants sont passés par là, et seulement mille cinq cent dix-huit ont survécu. On peut le lire sur la plaque, là-bas !

Il se retourne et montre du doigt l'endroit par où ils sont entrés.

— Je ne veux pas être impolie, mais je trouve ça difficile à croire qu'il ait pu y avoir cinquante personnes dormant dans une seule chambre ! dit Maman.

— Excusez-moi, dit l'homme, j'aurais dû mieux vous l'expliquer. Ces appartements n'étaient pas achevés quand tous ces gens ont été emprisonnés ici. Les murs intérieurs n'avaient pas été construits. Les espaces intérieurs ressemblaient donc plus à des dortoirs qu'à des chambres. Malgré cela, le problème de surpopulation était terrible. Et au départ, il n'y avait ni eau ni électricité. Le premier groupe de prisonniers a passé des jours sans avoir rien à manger ni à boire et il y a eu de nombreux cas de décès et de suicides. Les conditions se sont améliorées peu à peu, mais, malgré tout, elles sont restées épouvantables. À plusieurs reprises, des prisonniers ont été pris au hasard et fusillés en représailles contre les activités de la résistance.

Madame Collins secoue la tête, incrédule à l'idée que de telles choses aient pu arriver à des gens qui n'avaient commis aucun crime, dans une ville civilisée comme Paris.

— Vous avez des raisons personnelles de vous intéresser à cet endroit ? leur demande le vieil homme.

— Oui, ma grand-mère était ici, répond M. Collins. On l'a transportée ici depuis Rivesaltes. On va bientôt aller visiter ce camp.

— Ah bon ! Cet endroit représente donc quelque chose pour vous ! Pour la plupart des gens qui passent par ici, il s'agit plutôt d'un peu d'histoire qu'il vaut mieux oublier. Et pour d'autres, c'est quelque chose qu'ils préféreraient ne pas voir ici. Il y a dix ans, quelqu'un a peint une croix gammée sur ce wagon ! Et autrefois il y avait davantage de wagons, mais certains ont été brûlés il y a douze ans. Ceci dit, il y a aussi eu de bonnes choses : il y a quelques années, on a ouvert un nouveau mémorial ; il se trouve là-bas, de l'autre côté de la route, le bâtiment en béton et en verre, vous le voyez ? Mais comme tant de choses à Paris, il est fermé en août, pour les vacances d'été. Il faudra revenir quand il sera ouvert !

Ils remercient le vieil homme de son aide, et s'en vont voir le mémorial, une énorme colonne en béton représentant une famille emprisonnée, avec deux autres colonnes dont l'homme leur a dit qu'elles symbolisaient les portes de la mort se refermant sur la famille.

— Je n'arrive pas à croire tout ce qui nous est arrivé ces dernières semaines ! murmure Maman. Il y a un mois, on ne savait rien de tout ça. Maintenant, grâce aux devoirs d'Emma, on a découvert tant de choses sur la famille de Grand-père !

— Il faut qu'on le contacte pour lui dire ce qu'on a appris ici à Paris, dit Andrew. Si seulement il pouvait apprendre à écrire des textos ou à se servir de Snapchat !

— Ça ne servirait pas à grand-chose de lui en parler maintenant ; il y a tant de choses à lui raconter qu'il ne se souviendrait pas de tout. Et en plus, il s'embrouillerait et se demanderait ce qu'on lui a dit exactement. Je crois que le mieux serait de lui écrire une lettre en arrivant au camping.

— Mais je veux lui dire qu'il a un frère ou une sœur ! s'exclame Emma.

Son père secoue la tête :

— C'est trop tôt pour ça, dit-il. On ne peut être encore sûrs de rien pour l'instant. Il est peu probable que cette personne soit encore en vie, et même si elle l'est, on ne le saura sans doute jamais !

— Pareil qu'avec le père de Grand-père ! ajoute Mme Collins. On sait qu'il a été emmené quelque part, mais on ne sait pas où !

Ils restent là encore un peu, prennent des photos pour les montrer à Grand-père plus tard, tout en essayant de tout assimiler. Puis, sachant que la journée du lendemain sera très longue, ils prennent le bus et le métro pour retourner à leur hôtel.

CHAPITRE QUATORZE
Argelès-sur-Mer

Le trajet de Paris à Argelès-sur-Mer s'avère un véritable calvaire ! Les Collins commencent à regretter de ne pas l'avoir effectué en deux jours, mais au moins les enfants sont assez grands pour s'occuper sans demander sans cesse : « Quand est-ce qu'on arrive ? », comme par le passé. Les parents prennent le volant à tour de rôle, s'arrêtant toutes les deux heures sur des aires de repos, tandis que les enfants passent leur temps à lire et à regarder le paysage qui défile, sans compter, bien sûr, les longues sessions passées sur leurs portables. Emma a cessé de se connecter à Snapchat ; elle trouve les commentaires de ses soi-disant amis énervants. Elle se préoccupe tant de sa quête de vérité concernant la famille de son grand-père (sa propre famille, ne l'oublions pas !) qu'elle trouve stupide et puéril tout ce qui tourne autour de sa relation avec John Braddock et la réaction de ses amis. Elle est encore très émue par ce qu'elle a appris hier sur les conditions de vie à Drancy il y a tant d'années ; elle ne veut pas perdre son temps avec les bêtises des filles de chez elle. « Peut-être que je grandis ! se dit-elle. C'est cela devenir adulte ? »

Ils sont à plus haute altitude maintenant, la campagne change et un panneau annonce qu'ils se trouvent en Auvergne, « Région des volcans ». Emma se demande si ces volcans sont éteints. À ce moment-là son portable bipe. C'est un texto. Elle n'en reçoit pas souvent. On se sert plutôt d'Instagram ou de Snapchat de nos jours. C'est un texto de John Braddock ! « Oh non, qu'est-ce qu'il me veut, celui-là ? », se demande-t-elle.

Mais ce n'est rien. C'est juste un message court et raisonnable qui dit qu'il a entendu parler des commentaires qui circulent parmi leurs camarades de classe, qu'il est désolé s'il en est la cause et qu'il espère qu'elle obtient de bons résultats dans ses recherches.

« C'est typique de sa part, pense-t-elle. C'est vraiment un type sympa ; les autres n'ont simplement pas eu l'occasion de mieux le connaître, comme moi. » Elle se réinstalle confortablement sur la banquette arrière et commence à rédiger une courte réponse, le tenant au courant des principales découvertes qu'ils ont faites à Paris.

Andrew, qui a étudié la carte sur son iPhone, annonce qu'ils vont bientôt traverser le Viaduc de Millau qui, dit-il, est plus haut que la Tour Eiffel ! Les autres ont du mal à le croire, mais ils sont bien vite stupéfaits quand ils se retrouvent à planer au-dessus de la vallée, suspendus en l'air sur ce qui semble être les plus fragiles des câbles en acier ! Malheureusement, ils ont déjà dépassé le point de vue panoramique qui se trouve du côté nord de la vallée, mais Papa promet de s'y arrêter au retour pour prendre des photos. Comme ils ont besoin d'essence, ils s'engagent dans la première station-service qui se présente après la traversée du Viaduc.

Emma et Andrew s'en vont faire le tour des boutiques après avoir promis de se retrouver pour prendre une boisson ensemble un quart d'heure plus tard. Une fois réunis, Papa annonce qu'il a des nouvelles :

— J'ai reçu un coup de téléphone. C'était Sabine du Mémorial de Paris. Elle a réussi à en savoir plus sur notre mystérieux enfant. Figurez-vous que c'était une fille !

— Tu veux dire que Grand-père avait une sœur, alors ? demande Andrew.

— C'est ça ! On l'a sortie du train à la gare de Montauban, vraisemblablement avec la permission de sa mère. Elle a été emmenée à Toulouse, dans une colonie d'enfants du nom de Château de Larade.

— Super ! dit Emma. Elle a donc survécu ! C'est ta tante, Papa !

— Hé, doucement ! Ils n'en savent pas plus que ça, sauf son nom. Elle s'appelait Lotte.

— Mais ils ne savent pas ce qui lui est arrivé après ça ? demande Mme Collins.

— Apparemment pas ! Ce « château » n'était pas un grand château ou quoi que ce soit comme ça, mais un vieux bâtiment désaffecté que l'Archevêque de Toulouse avait prêté aux quakers pour qu'ils aient un endroit où s'occuper des enfants espagnols.

— Quels enfants espagnols ? demande Emma.

— Des enfants de la guerre civile espagnole, répond Papa.

— Mais la sœur de Grand-père était allemande ! Alors pourquoi la mettre avec un tas d'enfants espagnols ?

— C'est ce que je voulais aussi savoir. Eh bien, apparemment, ça faisait partie d'un plan habile ! Elle était juive, bien sûr, et en danger.

Elle devait donc prendre une nouvelle identité. Elle était trop jeune pour comprendre qu'elle devait devenir quelqu'un d'autre et ils craignaient qu'elle se trahisse si on la mettait dans une maison avec une famille. Alors on l'a cachée parmi les enfants espagnols où elle était moins visible.

— Et que lui est-il arrivé, ensuite ? demande à nouveau Maman.

— C'est ce qu'ils ne savent pas. On a dû lui donner un nom espagnol et elle a sans doute commencé à parler espagnol très vite. On ne saura peut-être jamais ce qui est advenu d'elle. Il semblerait que beaucoup de ces enfants aient été adoptés par des familles espagnoles dont certaines sont retournées en Espagne, mais beaucoup sont restées en France.

— C'est ce qui est arrivé à Grand-père aussi ? demande Andrew.

— Non, il était tellement plus jeune ; il n'avait que six mois. Il aurait été facile de le placer dans une famille française le temps venu.

— Le temps venu ? Qu'est-ce que tu veux dire ?

— Eh bien, quelques semaines à peine après que Grand-père a été sauvé, en novembre 1942, les Allemands ont envahi la zone libre du sud de la France et, à ce moment-là, tous les Juifs ont été faits prisonniers. C'est à cette époque qu'il aurait été caché dans une famille française charitable. Mon Dieu, il y a tant de détails qu'on ne sait pas et qu'on ne saura peut-être jamais !

À ce moment-là, le serveur revient avec un plateau portant des cafés et deux bouteilles de coca ; ils se taisent tous un instant, buvant leurs boissons tout en réfléchissant à ces dernières nouvelles.

Ils arrivent à Argelès-sur-Mer en début de soirée et suivent les panneaux de direction indiquant le camping près de la plage.

— Nous y voilà ! s'écrie Maman. C'est juste là, sur la gauche. Camping Sud !

M. Collins s'arrête à la barrière, met le frein et sort du véhicule. Emma se demande comment il va se débrouiller avec le peu de français qu'il connaît, mais il semble communiquer assez aisément avec la personne qui se trouve à l'intérieur d'une guérite. Il revient bientôt avec un trousseau de clés.

— Les tentes ont des clés ? demande Andrew, intrigué.

Les parents échangent des regards amusés. Papa ne dit rien mais conduit lentement à travers le camping. Ils passent devant des tentes de toutes les tailles, formes et couleurs, puis, après un dernier tournant derrière une haie, ils voient ce qui semble être une espèce de lotissement de mobil-homes. M. Collins se gare à côté d'un petit jardin attrayant et d'un grand mobil-home entouré d'une terrasse en bois, tous deux clôturés par une petite barrière.

— Eh bien dis-donc ! s'exclame Andrew, tu parles d'une tente !

Papa se met à rire :

— Maman et moi avons changé d'avis pour la tente, explique-t-il.

Même une tente de grand standing, ça ne faisait pas l'affaire ! Ce mobil-home nous a semblé une meilleure solution !

Ils se précipitent à l'intérieur et se mettent à explorer ce qu'il a à offrir. Emma est ravie de sa chambre et Andrew de la sienne. La cuisine est d'une propreté irréprochable et parfaitement équipée ; rien ne semble manquer. La salle de bains a facilement passé l'inspection de Maman et les deux jeunes ont été impressionnés par la station d'accueil iPhone à côté de la télévision.

— Allez donc faire un tour dehors pendant qu'on défait les bagages ! suggère Maman.

Impossible de rater la piscine : elle est énorme ! En fait, il s'agit de trois piscines reliées entre elles « à la californienne », comme elles sont décrites dans la brochure. Mais ce qui les attire surtout, c'est la plage, directement accessible depuis le camping. C'est une grande étendue de sable qui s'étire à l'infini d'un côté et vers les montagnes lointaines de l'autre. Il y a encore un grand nombre de gens sur la plage ; certains se font bronzer, certains sont dans l'eau, d'autres encore jouent au beach-volley, et pourtant la plage semble pratiquement déserte tant l'étendue de sable est immense. Emma hoche la tête d'émerveillement en pensant à la petite plage de Cobh.

Il est déjà assez tard quand ils ont enfin fini de tout déballer et sont bien installés. Comme ils ont bien mangé sur la route en descendant, ils décident de se contenter d'un casse-croûte pour le dîner. Les parents envoient Emma et Andrew au snack-bar avec de quoi acheter des boissons et une pizza.

Un jeune homme au comptoir sourit en les voyant s'approcher et dit :

— *What can I do for you?*

« Comment ça se fait que tout le monde sache qu'on parle anglais ? », se demande Emma, mais elle ne dit rien pendant qu'Andrew passe la commande.

— Vous venez d'arriver ? demande le garçon en comptant la monnaie qu'il prend de la caisse.

— Ça fait à peu près une heure, répond Emma.

Il est si gentil qu'elle se sent le courage de lui demander :

— Tu es français ? Tu parles si bien anglais !

Il sourit de ses belles dents blanches qui tranchent avec son teint bronzé par le soleil.

— Français et espagnol, répond-il.

Andrew le regarde d'un air perplexe, mais il ne dit rien. Le garçon, se rendant compte que les deux jeunes ne comprennent pas bien sa réponse, leur donne plus de détails :

— Beaucoup de gens ici sont d'origine espagnole, mais nés en France, donc français !

— Ah bon, dit Emma, sans y comprendre grand-chose. Quelle langue est-ce que tu parles chez toi, alors ?

— Français avec ma mère, mais catalan avec mon père et mon grand-père, répond le garçon.

Et voyant qu'ils ont l'air encore plus perdus, il se met à rire :

— Le catalan, c'est ce qu'on parle des deux côtés des Pyrénées !

Il montre du doigt les montagnes où le soleil commence à se coucher à l'horizon.

— Par ici, on est tous catalans avant tout et seulement après espagnol ou français.

— Ton anglais est remarquable ! s'émerveille Emma.

— C'est parce qu'on a beaucoup de clients anglais. Bon, voilà votre pizza et vos boissons. Vous allez y arriver ?

Emma et Andrew lui assurent que oui et lui souhaitent une bonne nuit.

— À bientôt, répond-il en français. Ça veut dire *'see you soon'* !

« J'espère bien que oui ! », se dit Emma.

CHAPITRE QUINZE
Pierre

Le lendemain matin, Emma se réveille tôt. Elle relève le store de la petite chambre et jette un œil par la fenêtre. Le soleil est déjà levé et quelques personnes passent devant la terrasse. Elle enfile vite un short et un haut et sort de la pièce sur la pointe des pieds. Le silence règne, rien ne semble bouger dans le mobil-home.

Emma sort sans faire de bruit et traverse le camping en direction de la mer. C'est une matinée magnifique, avec quelques vacanciers par-ci par-là, mais Emma a l'impression d'avoir la plage presque à elle seule. Le soleil s'élève au-dessus de la mer, le reflet de ses rayons forme un passage scintillant sous ses pieds qui s'approchent du rivage. Au loin sur la droite, les montagnes semblent se hisser hors de l'eau et grimper, grimper jusqu'à ce qu'elles disparaissent dans les nuages vaporeux. Il y a une grande montagne au loin avec ce qui est sans doute une fine couche de neige près du sommet et sur ses pentes inférieures des plaques de verdure — sans aucun doute des forêts, se dit Emma. Elle se retourne lentement pour admirer toute la scène étincelante devant elle. Son regard se porte à nouveau sur cette grande montagne au loin. Elle se demande si les gens l'escaladent ou même s'il y a une route jusqu'au sommet.

Derrière elle se trouve le camping avec ses pins et au-delà elle peut voir des rangs de palmiers qui mènent vers la ville. Il fait déjà chaud et elle se rend compte qu'elle n'a pris aucune précaution contre le soleil. Il y a un bâtiment assez bas à quelques mètres qui projette une grande ombre sur le sable. Elle s'en approche pour en profiter et s'aperçoit trop tard qu'il y a déjà quelqu'un. Le soleil, encore bas dans le ciel, l'avait temporairement aveuglée.

— Salut ! dit une voix qu'elle croit reconnaître, ça va ?

C'est le garçon du snack-bar à qui ils avaient parlé la veille. Il regardait la montagne avec une paire de jumelles qu'il a abaissée en la voyant approcher. Elle se rend tout de suite compte que c'est lui, mais ne sait pas comment répondre. Elle sourit et dit d'une voix un peu mal assurée :

— *Hello* !

— Tu es toute seule ? Ton petit-ami n'est pas avec toi, ce matin ?

Emma fronce les sourcils. « Ton petit-ami ? se répète-t-elle, de quoi il parle ? » Puis elle finit par comprendre !

— Ah, hier soir ? C'était mon frère Andrew !

Le garçon se met à rire :

— Désolé, je me suis trompé ! Je m'appelle Pierre au fait, et toi ?

Emma lui dit son nom et comme elle ne trouve rien d'autre à dire, elle ajoute :

— Qu'est-ce que tu regardais ?

Pierre montre la montagne du doigt.

— Le pic du Canigou ! dit-il.

— C'est le nom de la montagne ?

— Oui, et c'est le meilleur moment de la journée pour le regarder. Il est illuminé par le soleil à cette heure-ci. Plus tard, il se retrouve dans l'ombre.

— Tu peux l'escalader ? demande Emma en ajoutant aussitôt, je veux dire, *on* peut l'escalader ?

— Oui, dit Pierre en riant, il est facile à escalader si on est en bonne forme, et oui, je l'ai escaladé de nombreuses fois !

— Et moi, je pourrais le faire ?

— On peut monter presque tout en haut en voiture tout-terrain. Ensuite, il faut compter deux heures de marche pour arriver au sommet.

Il regarde Emma de haut en bas et ajoute en souriant :

— Tu m'as l'air d'être en assez bonne forme !

Emma se rend compte qu'il cherche à la provoquer et ne sait pas si elle doit être contente ou offensée ; elle répond donc :

— On n'a pas de montagnes de cette taille, là où j'habite ! répond-elle.

— Tu viens d'où ? demande Pierre.

— D'Irlande. Un endroit qui s'appelle Cobh. Avant, ça s'appelait Queenstown. C'est près de Cork.

— Ah bon, alors tu n'es pas anglaise ! Je croyais que tous ceux qui parlaient anglais étaient soit anglais soit américains.

— Ou australiens ou canadiens, dit-elle pour le taquiner.

— Eh bien, eux, on peut entendre qu'ils ont un accent différent, mais le tien a l'air d'être pareil.

— Je ne crois pas que tous les Anglais seraient d'accord avec toi, répond Emma en souriant. Mais c'est vrai que j'ai un accent moins prononcé que beaucoup d'Irlandais. Tu y es déjà allé ?

— En Irlande ? Non, je n'y suis jamais allé. Mais je suis allé en Angleterre l'année dernière. On a fait un échange avec une école anglaise dans le Suffolk. J'y ai passé presque un mois. Ça doit être là que j'ai le plus appris à parler anglais, en fait. Et aux vacances de printemps, quelques élèves de cette école sont venus passer quelques jours chez nous, alors j'ai encore eu l'occasion de le parler. J'aimerais y retourner un jour, mais j'ai aucun projet pour le moment.

Et puis, avant même qu'elle ait eu le temps de penser à autre chose à dire, il lui demande :

— Et toi, ton français ?

Elle fait une grimace :

— Plutôt nul, malheureusement ! On a un très bon prof à mon lycée, mais je ne fais pas assez d'efforts. C'est en arts visuels que je suis bonne !

— C'est la première fois que tu viens ici ?

— À Argelès, oui ! On est allés à Paris deux ou trois fois. Mais en général, on va en Grèce.

Elle lui raconte la déception des vacances annulées à Santorin.

— Qu'est-ce qui vous a fait choisir Argelès-sur-Mer ? demande Pierre.

— C'est une longue histoire, répond Emma, se rendant compte qu'elle devrait rentrer prendre le petit-déjeuner et ne voulant pas ennuyer ce jeune homme décidément bien intéressant avec l'histoire de son grand-père.

— Tu me raconteras ça plus tard ! suggère Pierre. On se retrouve au snack-bar plus tard dans la matinée ? Je ne travaille pas aujourd'hui. Je te paye un coca !

Emma se sent mal à l'aise. Elle ne sait pas quoi dire.

— Je ne sais pas ce que mes parents ont prévu de faire, dit-elle. Mais si on est là, ça devrait marcher. En tout cas, pas besoin de m'offrir à boire !

— Comme tu voudras, dit-il en riant. À bientôt ! Tu te rappelles ce que ça veut dire ?

— *See you soon*, répond-elle. Puis elle aussi se met à rire.

Quand elle arrive au mobil-home, les autres sont déjà en train de prendre le petit-déjeuner.

— Où étais-tu ? demande sa mère d'un air fâché. Personne ne savait où tu étais passée et on était inquiets !

— Pardon, Maman, dit Emma en guise de réponse.

Comme elle ne sait pas quoi dire à propos de sa rencontre impromptue à la plage, elle marmonne qu'elle avait besoin d'air frais et d'exercice.

— Elle a été coincée dans la voiture toute la journée hier, dit Papa, la défendant comme d'habitude.

Puis, voyant l'expression sur le visage de sa femme, il ajoute :

— Mais tu aurais dû dire à l'un d'entre nous où tu allais.

— Il n'y avait personne à qui j'aurais pu le dire ! Tout le monde dormait.

— Alors tu aurais dû laisser un mot ! dit Papa.

— Je suis vraiment désolée… Mais vous avez vu, c'est magnifique, dehors !

— Tu n'as même pas mis ton chapeau pour te protéger du soleil, se plaint sa mère.

Andrew regarde sa sœur en roulant des yeux. Il se demande ce qu'elle fabriquait mais il ne dit pas un mot.

Après le long trajet de la veille, la famille décide de passer une journée tranquille. Vers dix heures, ils sont tous installés confortablement au bord de la piscine, vêtus de leur maillot de bain. Maman est en train de lire un magazine et Papa ne tarde pas à s'endormir. Les deux jeunes s'amusent dans l'eau, puis Emma suggère qu'ils aillent prendre quelque chose à boire. Ils se sèchent, mettent un t-shirt et se rendent au snack-bar. Ils achètent deux cocas et un sac de chips et vont s'asseoir sous un parasol. Pierre, qui était assis assez loin d'eux et les regardait quand ils étaient à la piscine, se dirige vers la table où ils sont assis.

— Je peux m'asseoir ? demande-t-il.

Andrew a l'air surpris, puis agacé. Mais Emma vient vite à la rescousse :

— Je te présente mon frère Andrew, dit-elle. Et voilà Pierre, Andrew !

Pierre observe le visage d'Andrew avec amusement.

— Tu te souviens de moi, hier soir ? Et Emma et moi, on s'est déjà vus ce matin.

Andrew hoche la tête, tout en essayant de comprendre. Est-ce qu'il était là par hasard ou est-ce que sa sœur avait arrangé cette rencontre ? Après un moment de silence, Pierre dit :

— Emma allait me dire ce qui vous amène à Argelès !

Emma sent que c'est à elle de raconter l'histoire :

— Eh bien, c'est à cause de notre grand-père !

Et elle commence à parler à Pierre de la photo avec l'inscription et du camp de Rivesaltes. Pierre l'interrompt une ou deux fois pour lui poser des questions. Il n'a pas l'air de s'ennuyer du tout, remarque Andrew.

— Tu as entendu parler de Rivesaltes ? demande Andrew en regardant Pierre.

— Oh oui, répond Pierre. On en parle beaucoup en ce moment ! Mais ça n'a pas toujours été le cas. Il y a quelques années, ils allaient raser tout ce qu'il en restait, et presque tout le monde s'en fichait. Maintenant, tout le monde parle du mémorial qu'on a récemment construit là-bas. Vous avez l'intention de le visiter ?

— Oui, c'est pour ça qu'on est là. On se repose aujourd'hui, après la longue route d'hier, mais demain, je crois qu'on va essayer de trouver où c'est. On n'a qu'une semaine ici, alors on doit y aller aussi vite que possible. C'est facile à trouver ?

— Il vous faudra vraiment un guide pour vous faire voir tout ça, répond Pierre. Si vous pouvez attendre un ou deux jours, je vous organise quelque chose. J'ai un prof qui est membre d'un groupe qui se bat depuis pas mal de temps pour avoir un mémorial et un musée à Rivesaltes. Je suis sûr que je pourrai m'arranger pour qu'il vous y emmène. Il sait pratiquement tout ce qu'il y a à savoir sur cet endroit !

— Ce serait formidable, dit Emma. Merci beaucoup. Ce serait bien que tu rencontres nos parents pour qu'on puisse planifier quelque chose dans un ou deux jours.

— En attendant, dit Pierre, il y a plein de choses à savoir sur Argelès aussi. Je vous fais faire un tour ?

— Peut-être plus tard. Pour l'instant, il faudrait qu'on retourne voir nos parents.

Elle ramasse les verres et les assiettes et les ramène au comptoir, puis elle se retourne et lui sourit.

— À bientôt, dit-elle.

— À bientôt, répond-il en lui rendant son sourire.

De retour à la piscine, les jeunes rejoignent leurs parents.

— Papa disait qu'on devrait chercher cet endroit demain, dit Maman en parlant de Rivesaltes.

— Attendons un ou deux jours ! dit Emma. On a parlé avec un garçon qui a proposé de trouver quelqu'un qui pourrait nous y emmener et tout expliquer.

— C'est vraiment nécessaire ? demande son père. N'oublie pas que nous n'avons qu'une semaine ici ! Il n'y a pas de guides au camp ? Et des dépliants qu'on pourra ramener avec nous ?

— Peut-être. Il paraît qu'il y a un musée maintenant, mais tout sera sûrement en français.

— C'est qui, ce garçon ? Et que sait-il sur tout ça ? demande Maman.

— Il travaille au snack-bar. Il s'appelle Pierre. C'est juste un boulot d'été, il est encore au lycée. Il viendra vous voir quand il aura arrangé quelque chose.

— Il est anglais ? demande Papa. On dirait que tu n'as pas eu de mal à lui parler !

— Non, il est français ou espagnol ; c'est un peu compliqué. Mais il parle vraiment bien anglais. Il a l'air super gentil !

— Il a même réussi à faire parler Emma en français ! dit Andrew. Il va falloir la surveiller, il y a anguille sous roche !

Emma émet un gros soupir. En général, elle s'entend plutôt bien avec son frère, mais il est parfois incapable de résister à la tentation de la taquiner. Est-ce qu'il a vraiment remarqué quelque chose ? Elle s'adresse à lui de manière aussi calme que possible :

— Tu n'as rien compris, Andrew ! C'est juste quelqu'un qui essaie de nous être utile. C'est tout !

Le père regarde sa femme et lève les sourcils. Elle secoue la tête et met son doigt sur ses lèvres. Ni l'un ni l'autre ne fait de remarque.

CHAPITRE SEIZE
Le camp d'Argelès

Le lendemain matin, les Collins se sont levés de bonne heure… ou plutôt, c'est ce qu'ils croyaient. Mais, en fait, ils ont oublié que la France a une heure d'avance sur l'Irlande et, bien qu'ils aient mis leurs montres à l'heure française, leur horloge intérieure est restée sur l'heure d'été irlandaise. Ils sont surpris de se rendre compte qu'il est déjà presque neuf heures !

M. Collins a hâte de visiter le camp de Rivesaltes, et ce, dès que possible. Il est quelque peu agacé que sa fille ne partage pas son enthousiasme.

— Après tout, c'est la seule raison pour laquelle on est venus ici ! s'exclame-t-il.

— Je sais, Papa, répond-elle. Et moi aussi, je veux y aller ! Mais comme je te l'ai dit hier, ce serait bien mieux qu'on attende que l'ami de Pierre nous y emmène. On en apprendra tellement plus comme ça. D'autant plus qu'on ne parle pas bien français !

Il soupire. Il lui semble que sa famille a trop souvent tendance à le contredire, mais là, il doit admettre que sa fille a raison.

— Qu'est-ce que tu suggères qu'on fasse aujourd'hui, alors ?

Mme Collins pense qu'il est grand temps qu'on aille voir la commune d'Argelès.

— Après tout, on a eu une journée bien tranquille et reposante hier, dit-elle.

Il commence déjà à faire chaud et, vêtue de manière adéquate pour une journée très ensoleillée, la famille se met en route vers le centre-ville. À leur gauche se trouve la grande étendue de sable. Les familles sont déjà en train d'installer parasols et chaises longues, prêtes pour une journée bronzage et détente.

De l'autre côté, il y a des hôtels et des maisons avec des jardins aux couleurs éclatantes que le bleu, le violet et l'orange semblent dominer. Ni M. Collins ni sa femme ne connaissent le nom de ces plantes exotiques. Il y a aussi de magnifiques palmiers qui donnent de l'ombre.

Un peu plus loin, ils arrivent à une partie du chemin qui traverse une zone de pins. Il y fait bien plus frais et les arbres dégagent une odeur fraîche et agréable. Un grand panneau multicolore attire leur attention. Ils peinent à le déchiffrer, jusqu'à ce qu'Andrew découvre la traduction heureusement fournie en dessous !

— Ça dit que les pins ont été plantés il y a environ cent ans pour que le sable ne soit pas emporté par le vent. Mais à des époques différentes, beaucoup d'entre eux ont été détruits pour diverses raisons, pendant la guerre, par exemple. Maintenant, ils sont protégés.

Alors qu'ils s'approchent de la zone plus peuplée, apparaissent des terrains de jeux pour enfants, plutôt défraîchis, avec des animaux en plastique géants et les incontournables châteaux gonflables sur lesquels grimper. Enfant, Emma aurait adoré ça, mais maintenant, ça lui semble d'assez mauvais goût et ça détonne avec la plage magnifique et les montagnes au loin. Elle se demande ce que Pierre doit penser de ces touristes et de leurs amusements. Est-ce qu'il les trouve inopportuns ? Mais comme il gagne son argent de poche en travaillant au snack-bar, il ne peut pas être complètement contre. Pourtant, il ne semble pas à sa place dans cette atmosphère de vacanciers étrangers ; il est tellement fier de ses racines espagnoles (à moins que ce ne soit ses racines catalanes ?), qu'elle se demande s'il apprécie vraiment l'été. Il est sans doute ravi quand ils rentrent tous chez eux et que la paix s'installe à nouveau dans la commune.

— Alors, qu'est-ce que tu en penses, Emma ? demande sa mère un peu sèchement.

Emma a dû manquer quelque chose d'important pendant qu'elle rêvassait.

— Désolée ! Qu'est-ce que tu disais ?

— Je disais, et si on faisait un tour avec ça ?

Sa mère montre du doigt l'affiche d'une espèce de petit train (quelques petits wagons équipés de sièges et tirés par un véhicule plutôt grossièrement déguisé en locomotive). Ça lui rappelle *Thomas le petit train*, ce qui ne l'impressionne pas trop !

— Ça nous donnera l'occasion de nous asseoir, poursuit sa mère, il y a de l'ombre et comme c'est aéré, ce sera plus frais. Je ne sais pas pour vous, mais moi, j'ai besoin de m'asseoir un peu ! C'est un bon moyen de voir la ville sans avoir à marcher par cette chaleur !

En effet, il commence à faire très chaud, d'autant plus qu'ils ne sont plus protégés du soleil par les grands pins. Emma approuve immédiatement. Andrew aperçoit un petit bâtiment en bois qui a l'air d'être le bureau de vente pour ce qui s'appelle apparemment le « train-bus ». Heureusement, l'homme derrière le guichet parle anglais, comme la plupart des gens qu'ils ont rencontrés jusqu'à présent. Ils se retrouvent rapidement en possession de billets pour le grand tour complet qui doit durer une heure. « Vous allez prendre le train orange. Il sera là dans dix minutes », explique l'homme du guichet. En fait, ils doivent attendre presque vingt minutes que le train arrive et se vide de tous ses vacanciers avant de pouvoir monter à bord.

C'est un trajet intéressant. Ils rebondissent sur les routes à une vitesse impressionnante pour un véhicule aussi petit et vulnérable, et Emma sent que sa mère a l'air de regretter d'avoir choisi ce moyen pour visiter l'endroit ! Ils font un tour rapide du port avec ses inévitables yachts de grand standing, puis ils s'éloignent de la mer pour se rendre dans la vieille ville qui doit être, se dit Emma, le village d'origine. Pendant le reste du trajet, le train passe par d'innombrables campings, tout comme le leur, dotés de leur propre piscine et de leurs restaurants pour que les vacanciers n'aient jamais à quitter le camping pour trouver de quoi manger, se loger ou se divertir.

« Mais on n'est pas là pour ça », se dit Emma. On est venus pour une raison précise, découvrir la vérité sur la photo jaunie de Grand-père et le message au dos de la photo ! Que de choses se sont passées depuis le jour où elle a ramassé cette photo sur le plancher du salon de Grand-père !

Mais la voilà qui rêvasse encore ! Maman se plaint à propos de la promenade en petit train ; elle est déçue par quelque chose, apparemment.

— Qu'est-ce que tu as dit ? demande Emma.

— J'ai dit que c'était dommage qu'il n'y ait pas de commentaires sur ce qu'on voit. J'espérais qu'on en apprendrait davantage sur cet endroit.

Emma se souvient que Pierre a proposé de leur faire visiter le coin, un de ces jours. Elle décide de ne pas le mentionner pour l'instant et dit simplement :

— Tu n'aurais sans doute rien entendu de toute façon. Avec tout ce bruit dans la rue, on arrive à peine à s'entendre parler.

— Et ç'aurait été en français ! fait remarquer Papa.

— J'aime connaître l'histoire des endroits où je vais, dit Maman. Comment était ce lieu avant que tous les touristes commencent à venir ? Et comment était-ce ici pendant la guerre ? Je me le demande…

Ils sont tous d'accord pour dire que ce sont là des questions intéressantes auxquelles ils aimeraient recevoir des réponses. Emma se dit qu'elle sait où les trouver, mais elle garde ça pour elle. Elle sourit en pensant à Pierre et à ce qu'elle lui racontera sur leur petite aventure de ce matin à leur prochaine rencontre.

Reconnaissant l'avenue qu'ils avaient prise pour aller en ville et voyant qu'ils vont bientôt passer devant l'entrée de leur camping « Le Sud », ils décident de descendre avant le terminus. Quand le petit train s'arrête un peu plus loin, ils descendent donc et, sans se presser, rejoignent le camping. Il est maintenant l'heure du déjeuner ; trop las pour préparer le repas eux-mêmes, après une halte aux toilettes, ils se rendent au snack-bar pour commander quelque chose à manger et à boire.

Emma regarde autour d'elle, espérant que Pierre viendra, mais il n'a pas l'air d'être de service. La jeune fille qui le remplace, à leur surprise, ne comprend pas l'anglais. C'est donc en montrant du doigt les photos des plats sur le tableau qu'ils passent leur commande.

Le déjeuner terminé, Maman annonce qu'elle va s'allonger un peu, pendant que Papa essaie de faire marcher la machine à expresso. Ce n'est pas qu'ils en aient besoin, ils viennent juste de prendre des cocas au snack-bar, mais il a une certaine fascination pour les gadgets et ne veut pas s'avouer vaincu.

Les deux jeunes se retrouvent seuls. Ils ont tous les deux la même idée et, en quelques secondes, les voilà en route pour la piscine en maillot de bain.

Une heure plus tard, ils retournent tous les deux au bungalow (ou au mobil-home — Emma n'arrive pas à se décider sur le mot qui décrit le mieux leur logement) et sont surpris d'y trouver Pierre, assis à côté de leur père sur la terrasse.

— Salut vous deux ! s'exclame Papa. Vous avez de la visite. Votre ami vient d'arriver il y a dix minutes à peine. Il a du nouveau sur notre visite au camp de Rivesaltes ! Je lui ai dit de s'asseoir et que vous n'alliez pas tarder .

— Salut Pierre, dit Emma, un peu gênée de se faire surprendre en bikini par quelqu'un qu'elle connaît à peine. Je vais me changer !

Elle disparaît rapidement dans sa chambre, laissant son frère sur la terrasse où ils reprennent la conversation.

— Ton père me parlait du trajet en petit train que vous avez fait ce matin. Qu'est-ce que tu as pensé d'Argelès ? demande Pierre.

— Eh bien, c'est différent des endroits où on va d'habitude en Grèce, dit Andrew. Je crois pas que ce soit le genre d'endroit où on serait allés si on n'avait pas eu une bonne raison.

— Ça ne te plaît pas, alors ?

Papa intervient rapidement avant qu'Andrew puisse penser à une réponse acceptable qui ne vexerait pas Pierre :

— En cette saison, c'est plein de touristes. C'est sûrement bien différent hors de saison.

Pierre hoche la tête :

— C'est complètement différent en hiver. Début septembre, quand il fait encore si beau et qu'il y a très peu de touristes, les campings sont presque désertés, certains même fermés. Vous ne reconnaîtriez pas cet endroit ! Qu'est-ce que vous avez appris sur Argelès ?

À ce moment-là, Emma réapparaît vêtue d'une jolie robe. Elle a retrouvé son calme et se joint à la conversation :

— On a lu quelque chose sur les pins : quand ils ont été plantés et le fait qu'ils sont parfois coupés.

— Vous avez compris qui les coupait ? demande Pierre.

— Il y a un rapport avec la guerre ? répond Emma.

— Quelle guerre ? demande Pierre, s'excusant aussitôt. Je

commence à parler comme mon prof ! Je ne devrais pas vous poser toutes ces questions. C'est juste un peu dur pour ceux attachés au devoir de mémoire de voir des gens complètement inconscients des choses terribles qui se sont passées sur ces plages. On a du mal à garder le silence ! On trouve qu'il devrait y avoir un mémorial plus visible ici comme celui qui existe maintenant à Rivesaltes.

Les Collins se regardent avec inquiétude. Sont-ils coupables d'une remarque irréfléchie qui a manifestement irrité Pierre ? Qu'est-ce qu'il veut dire quand il parle de choses terribles qui se sont produites sur la plage ? Et quel rapport avec Rivesaltes ? Ils se tournent vers Emma pour en savoir plus. C'est son ami à elle, après tout !

— On sait que Rivesaltes était un camp de concentration, dit Emma. Et que des choses atroces s'y sont passées. C'est pour ça qu'on est là. Pour en savoir plus sur Grand-père. Mais on sait rien sur cet endroit. En quoi c'est pareil que Rivesaltes ?

— Argelès avait aussi un camp de concentration. Avant Rivesaltes ! Et il paraît qu'il était pire, bien pire. Mais sans doute de façon différente.

Emma retient sa respiration et se couvre la bouche de la main.

— Quelle idiote ! dit-elle. Bien sûr que je sais de quoi tu parles ! Ça doit être la plage où tous les Espagnols ont été regroupés après avoir traversé les montagnes en février 1939. C'est là que Mary Elmes est venue aider les gens qui tentaient de survivre dans des conditions abominables. Y avait un froid mordant et un vent cinglant. Du sable partout et nulle part où se protéger ! Comment j'ai pu l'oublier ?

— Alors tu connais le camp d'Argelès, dit Pierre surpris.

— Eh bien, j'ai dû faire des recherches sur l'œuvre humanitaire de Mary Elmes et j'ai trouvé qu'après avoir quitté l'Espagne et être retournée en Irlande, elle a appris dans quelles conditions terribles les réfugiés se trouvaient. Elle est venue ici et a énormément contribué au secours des gens sur cette plage. J'avais complètement oublié que c'était ici qu'elle était venue.

Pierre est impressionné.

— Eh bien, nous, nous connaissons naturellement tous Mary Elmes puisqu'elle a reçu le titre de « Juste parmi les nations », comme on dit en français. Mais c'était surtout pour avoir sauvé des enfants juifs. Je ne savais pas qu'elle avait travaillé ici aussi. Il faudra m'en dire plus ! Mais d'abord, j'ai du nouveau pour vous. Robert, le prof dont je vous ai parlé, peut vous emmener à Rivesaltes après-demain. Ça marche avec votre programme ?

— On n'a pas vraiment encore fait de plans, dit M. Collins. Personnellement, ça me convient. On se retrouve comment ?

— Il recommande de commencer le plus tôt possible ; il fait très chaud là-bas, en cette saison. Vous pourriez être prêts à 8h30 ? Il viendra en voiture, mais il faudra prendre la vôtre aussi. Ça marche ?

— Ça marche ! dit Papa.

— Parfait, à mercredi matin alors !

Puis, se tournant vers Emma, il ajoute :

— Si tu veux en savoir plus sur ce que je disais tout à l'heure, je peux te montrer si tu as quelques minutes !

— Tu veux dire, nous tous ? demande Emma, sur un ton hésitant.

— Ceux qui veulent venir. Il n'y en aura pas pour longtemps.

M. Collins pense qu'il vaut mieux qu'il reste, étant donné que Maman somnole encore à l'ombre et qu'il ne veut pas la déranger.

Andrew trouve une excuse en prétextant qu'il doit charger son appareil photo, laissant donc Emma et Pierre y aller seuls. Guidée par Pierre, Emma passe par un des portails du camping et se retrouve dans une ruelle verdoyante qu'elle n'a pas vue auparavant. Finalement, Emma dit :

— On va où ?

— Juste là, répond Pierre en regardant des deux côtés avant de traverser. Dépêche-toi avant qu'y ait des voitures.

De l'autre côté de la route se trouve un portail qui s'ouvre sur une petite pelouse carrée avec quelques arbres. Au milieu de la pelouse, il y a une haute colonne en granit avec des listes de noms sur trois côtés. Tout près, se trouve un pilier en pierre plus petit avec une plaque en métal brillant. Elle contient trois paragraphes, dont aucun en anglais.

— C'est quoi, cet endroit ? demande Emma. Qu'est-ce qui y a d'écrit sur la plaque ?

— C'est un cimetière ! dit Pierre. La plaque est en trois langues : catalan, espagnol et français. Je te traduis ce qu'il y a d'écrit. Ça veut dire : « Aux soixante-dix enfants (de moins de dix ans), républicains, catalans et espagnols, juifs et tziganes décédés au camp d'Argelès. Nous garderons toujours votre mémoire et votre petite histoire ».

Emma ne sait pas quoi dire. Il y a des questions qu'elle aimerait poser, mais à ce moment-là, le silence est ce qui semble convenir le mieux. Pierre se tient devant le mémorial (puisque c'est bien de cela qu'il s'agit) pendant quelques instants. Et puis il dit : « Regarde la date ! » et montre le haut de la plaque. Emma ouvre grands les yeux. Elle en a le souffle coupé :

— 2012 ! Ça ne fait que quelques années ! Qu'est-ce qui s'est passé en 2012 ?

Pierre secoue la tête :

— Non, ça ne fait pas que quelques années. C'était en 1939 et 1940. Mais cette plaque est assez récente ; elle n'est là que depuis sept ans. Tu vois, il y en a une plus vieille en dessous.

—Effectivement. Elle est petite et jaune, avec juste quelques mots.

— Je te la lis, dit Pierre :

« ARBRE AUX ENFANTS

70 enfants sont morts dans ce camp.

Ils avaient moins de 10 ans.

Arbre planté en 1999 »

— Pourquoi est-ce qu'il y a deux mémoriaux qui disent la même chose ? demande Emma. Enfin, presque la même chose !

— Il leur a fallu soixante ans pour se souvenir de ces enfants, des bébés pour la plupart. Et même là, on n'explique pas qui ils étaient. Le nouveau mémorial en dit quand même un peu plus sur eux et promet qu'on ne les oubliera jamais ! Ces enfants n'ont pas péri lors de la guerre en Espagne, ils sont morts ici dans le camp qui devait les abriter. Ils sont morts de faim, de maladie, de froid et de manque de soins. Et des centaines de parents ont péri ici aussi ! Regarde les noms sur cette colonne.

Emma regarde la colonne puis observe Pierre. Il a dû venir de nombreuses fois à ce cimetière, mais elle voit bien que ça le touche encore beaucoup. Ils se tiennent là tous les deux ensemble, sous les arbres, pensant à ces soixante-dix enfants. Puis Pierre se tourne vers le portail.

— Allons-y ! dit-il. Il y a autre chose à voir !

Ils descendent l'avenue et traversent la rue animée qui longe la mer. Pierre se dirige vers la plage, suivi d'Emma.

— Regarde ces gens qui s'amusent ! Ils viennent nager, se faire bronzer, se détendre, admirer la merveilleuse vue des Pyrénées. Ils n'ont aucune idée de ce qui s'est passé ici il y a un peu plus de soixante-dix ans ! Tu sais, il y avait 100 000 personnes, hommes, femmes et enfants, regroupés ici sur cette plage. C'était en février, il faisait un froid glacial et il n'y avait pas d'abri. Pas le moindre ! Les hommes creusaient des trous dans le sable pour se protéger un peu. Ils étaient encerclés par les barbelés et la mer.

Emma connaît bien l'histoire de la plage d'Argelès ! Elle se tourne vers Pierre :

— Ça te concerne personnellement, non ? Est-ce que ta famille était là, à cette époque ?

— Oui ! dit-il, mes deux grands-pères et leurs familles. Ils étaient tous là. La plupart des Espagnols et des Catalans qui vivent ici aujourd'hui avaient des parents ou des grands-parents sur cette plage.

Plus de 200 000 y ont péri.

Il se retourne et commence à remonter la plage. Emma le suit.

— J'ai lu quelque chose là-dessus en faisant des recherches pour mon exposé sur Mary Elmes, dit Emma. Mais le voir de ses propres yeux, c'est tout à fait autre chose.

— On ne vous a rien dit sur le camp d'Argelès quand vous étiez dans le petit train ? demande Pierre.

— On ne nous a rien dit du tout ! répond Emma. Aucun commentaire, aucune explication.

— C'est exactement ce que je veux dire, dit Pierre. On ne dit rien aux touristes sur les atrocités qui se sont passées ici. Ça risquerait de nuire au tourisme local. Ça pourrait donner des cauchemars aux visiteurs ! Il y a de petits panneaux à chaque bout de la zone où se trouvait le camp. On ne peut pas les trouver tout seul, sans l'aide de quelqu'un qui les connaît. Mais une fois qu'on sait ce qui s'est passé sur cette plage, on ne peut plus y aller sans y penser ! Ces gens étaient des immigrants espagnols, tu vois, et personne n'en voulait !

— Mais la plaque au cimetière mentionne aussi des Juifs et des Tziganes. D'où venaient-ils ?

— Ça, c'était plus tard ! explique Pierre. C'était après que la guerre contre l'Allemagne a éclaté. Avant ça, à cette époque, il y avait des cabanes construites sur le sable. Mais les conditions étaient terribles. Et c'était fait exprès. Le gouvernement voulait que les Espagnols retournent chez eux. On pensait que si les conditions étaient meilleures, les Espagnols resteraient là.

— C'est comme les *workhouses* ! dit Emma.

— Les *workhouses* ? demande Pierre, perplexe. Qu'est-ce que c'est ?

— C'est quelque chose qu'on a récemment étudié au lycée en histoire. C'est une sorte d'hospice où allaient les gens sans travail qui étaient trop pauvres pour se nourrir ou se faire soigner. Les gens mariés étaient séparés et ils devaient faire des travaux physiquement crevants. Notre prof a dit que c'était cruel, mais le but, c'était que seuls les gens qui ne pouvaient vraiment pas éviter l'hospice y aillent !

— Il doit y avoir longtemps de ça !

— Pas tant que ça . Mon grand-père dit qu'il se souvient de gens terrifiés par ces *workhouses* quand il était enfant. Heureusement que ça n'existe plus !

— Tu crois vraiment ? demande Pierre. Vous n'avez pas d'immigrants ou de demandeurs d'asile dans ton pays ? Nous, on en a en France !

— Eh bien, euh… oui. Je pense que oui ! Mais ça doit quand même être différent, non ?

— J'en doute, dit Pierre. La seule différence est qu'ils viennent un par un ou à deux, au lieu de venir à près de 500 000 en quelques jours !

Emma ne répond pas. Elle ne sait pas quoi dire. Il faudrait qu'elle prenne le temps de réfléchir à ces choses-là. Les gens ne mouraient certainement pas dans les centres d'immigration irlandais ! Mais que leur arrivait-il quand on les renvoyait dans le pays qu'ils avaient fui ? Elle n'y avait pas pensé !

Ils retournent tous deux lentement vers le camping sans parler. Et puis Pierre s'arrête au portail et dit :

— Merci d'être venue, Emma ! Excuse-moi si c'était un peu déprimant, mais je voulais que tu saches que Rivesaltes n'est pas le seul endroit par ici où des choses terribles se sont passées. Il y avait d'autres camps comme Argelès le long de la côte. À St-Cyprien et Barcarès, par exemple. Bon, il faut que j'y aille maintenant. À bientôt ! dit-il en lui touchant légèrement l'épaule.

Il a l'air si triste. Elle se contente de sourire et de lui dire : « À bientôt ! ».

CHAPITRE DIX-SEPT
Collioure

Cette nuit-là, Emma reste longtemps éveillée. Ce n'est pas qu'elle n'arrive pas à s'endormir, mais plutôt qu'elle a trop de choses en tête. Elle était venue pour en savoir plus sur le camp où son grand-père avait vécu quand il était bébé, mais maintenant, elle avait découvert une tout autre histoire, un camp de réfugiés espagnols qui avaient fui leur patrie bombardée et meurtrie.

Naturellement, elle en savait déjà pas mal sur cette histoire par ses recherches sur Mary Elmes, mais d'être ici et de tout voir de ses propres yeux rendait tout ça tellement plus réel ! C'est fou que cette si belle partie du monde, jamais connue pour des champs de bataille ou des campagnes militaires, cache tant d'épouvantables secrets.

Elle pense aussi à Pierre. Tant de choses en lui plaisent à la jeune fille : la façon amicale et ouverte dont il parle à tout le monde, son sens de l'humour, l'amour qu'il porte au pays de ses ancêtres, la Catalogne. Et il faut bien le dire, c'est un jeune homme très attirant ! Est-ce qu'il a quelqu'un en particulier dans sa vie ? Elle aimerait bien savoir, mais elle ne peut décemment pas lui poser une telle question !

Elle se rend compte qu'elle ne sait vraiment pas grand-chose sur lui. Il avait bien réussi à en savoir plus sur elle, où elle habite, ce qu'elle aime faire et, surtout bien sûr, pourquoi ils étaient tous venus à Argelès. Mais que sait-elle sur lui ? Est-ce qu'il a des frères et sœurs ? Que font ses parents ? Il n'a pas dit un mot sur sa famille, sauf que ses deux grands-pères avaient été internés dans le camp d'Argelès, au cours de cet hiver glacial de 1939. C'est tout ce qu'elle sait de lui. Elle a l'impression que, dans un sens, il ressemble beaucoup à John Braddock. Comme lui, Pierre a l'air d'être solitaire et, comme lui, il a beaucoup de connaissances. À tous les coups, lui aussi est doué à l'école ! Elle se souvient d'un des commentaires sur son dernier bulletin scolaire : « Bons résultats, mais pourrait beaucoup mieux faire si elle le voulait ! » Elle ne peut pas imaginer qu'on puisse faire de tels commentaires à John ou à Pierre !

Il est aussi très différent de John Braddock, bien sûr. Par exemple, personne ne pourrait jamais le traiter de *geek*. Pourtant, il y a une espèce de solitude triste en lui qu'elle a pu remarquer dans le cimetière espagnol, quand elle voulait tant dire quelque chose pour dissiper le voile de mélancolie qui l'enveloppait, mais elle savait qu'elle n'avait pas les mots justes pour le faire. Elle sent que ça doit être difficile de le connaître et il ne lui reste que quelques jours à Argelès ! C'est avec ces pensées qui se bousculent dans son esprit que finalement elle s'endort.

On est déjà mardi ! La famille va prendre la route vers le camping suivant samedi. Il ne reste donc que trois jours après aujourd'hui,

dont l'un sera complètement pris par la visite tant attendue du camp de Rivesaltes . Au petit-déjeuner a lieu la conversation habituelle sur le programme de la journée ainsi que le désaccord habituel sur toute idée proposée.

M. Collins pense qu'il fait trop chaud pour se surmener et envisage de se détendre au bord de la piscine en lisant un journal irlandais. Sa femme rêve d'aller à Perpignan pour faire du lèche-vitrines, peut-être prendre un café, voire un verre de vin dans un café élégant. Andrew tient à se rendre au parc aquatique avec toutes ses attractions… Deux filles qu'il a entendues hier à la piscine planifient d'y aller ! Et Emma ? Eh bien, Emma voudrait en savoir plus sur le camp de concentration d'Argelès d'il y a plus de soixante-dix ans. À quoi ressemblait-il vraiment ? Et comment avait-il pu exister ? Elle estime qu'armée de ces connaissances, elle pourrait peut-être se rapprocher un peu de Pierre. Mais elle regrette immédiatement cette pensée, se disant qu'elle devrait apprécier ces connaissances pour elles-mêmes et non comme un moyen d'impressionner les autres !

Finalement, tout le monde s'est mis d'accord pour aller chacun de son côté. Andrew se met en marche vers le parc aquatique. Emma se rend dans la direction totalement opposée en quête de l'Office de tourisme où elle espère trouver plus de renseignements et M. Collins accepte à contrecœur de conduire sa femme à Perpignan, qui se trouve à 15 kilomètres de là.

À l'Office du tourisme, Emma trouve plusieurs dépliants sur l'ancien camp. Il y a des photos très choquantes où une plage est rendue invisible par la masse d'êtres humains la recouvrant. Il y a des soldats en longs pardessus, des vieillards en haillons, des enfants pieds nus, des femmes blotties les unes contre les autres et, à part quelques huttes grossières faites de bois trouvé sur le sable mouillé, de branches d'arbres et de quelques morceaux de toile, il semble n'y avoir aucun abri. Ça ressemble à ce qu'elle avait imaginé en entendant la description de Pierre. Elle flâne en direction de la plage qui, bien qu'animée, comporte tout de même de grandes étendues de sable vides et elle essaie d'imaginer tous les gens qu'elle a vus sur la photo et qui, en cette nuit glaciale de février avait rempli la plage.

Elle retourne lentement au camping, essayant de méditer sur tout ce qu'elle a lu et vu. Il n'y a personne dans le bungalow, ce qui ne la surprend pas. Ils ne rentreront que bien plus tard. Elle examine les brochures qu'elle a prises à l'Office du tourisme et s'assoit à l'ombre de la terrasse. Elle a dû s'assoupir un instant, puisqu'elle se réveille en sursaut en entendant son nom. C'est Pierre qui est là, derrière la barrière qui entoure leur petit jardin.

— Désolé de t'avoir réveillée, dit-il en souriant.

Elle se demande quelle impression elle a dû faire, en pleine sieste comme ça !

— Je fermais les yeux pour les reposer, dit-elle. C'est à cause du soleil ; ça les gêne quand il brille trop fort !

— Tu devrais mettre des lunettes foncées, dit Pierre toujours en souriant. Je suis venu du snack ; je suis de service ce matin, alors je ne peux pas rester longtemps. Ça te dirait d'aller avec moi à Collioure cet après-midi ?

Bien sûr que ça lui dirait ! Mais doit-elle le lui dire pour autant ?

— Il faudra que je voie si mes parents sont d'accord, répond-elle. Ils ont peut-être prévu quelque chose. Je ne sais pas, ils sont à Perpignan, là.

— OK, je reviendrai vers quatorze heures. Tu penses qu'ils seront rentrés ?

— Peut-être ! C'est quoi, cet endroit que tu as mentionné ? Ils voudront savoir où je vais !

— Collioure ! C'est un magnifique village de pêcheurs. Ce n'est qu'à quelques minutes d'ici. Tu vas adorer ! Amène ton appareil-photo. Il faut que j'y aille ! À bientôt !

Et encore ce sourire ! Il sait qu'elle dira oui et elle sait qu'il le sait !

Ses parents reviennent peu après treize heures. Andrew n'a pas réapparu ; il ne reviendra sans doute pas de la journée. Pendant qu'ils s'installent tranquillement pour manger un petit casse-croûte, la jeune fille réfléchit bien à la façon dont elle va aborder le sujet de la promenade avec Pierre cet après-midi. Elle est encore en train de se le demander quand Pierre apparaît. Il sourit à la famille en lançant un joyeux « *Bon appétit* ! ».

M. et Mme Collins en sont un peu surpris et répondent « *Bonjour* », la seule salutation qu'ils connaissent.

Se tournant vers Emma, Pierre demande :

— C'est bon pour Collioure, alors ?

« Oh mon dieu, se dit Emma. Bon, c'est parti ! » S'adressant à ses parents d'une voix qu'elle reconnaît à peine :

— Pierre m'a invitée à aller avec lui dans un village de pêcheurs près d'ici. Je peux ?

— Où se trouve cet endroit ? Comment comptez-vous y aller ? demande son père.

— Ça s'appelle Collioure, M. Collins ! répond Pierre. On ira en scooter.

— Ça, certainement pas ! dit son père sèchement. Pas question qu'Emma monte sur un scooter ! Elle n'a pas l'équipement qu'il faut, un point c'est tout !

Emma est terriblement gênée. Elle ne savait pas ce que Pierre allait proposer ; si elle avait su, elle aurait pu lui dire que ses parents n'accepteraient jamais.

— On ne pourrait pas prendre le bus ? demande-t-elle à Pierre.

— Si ! répond-il, conciliant. Il en passe un à peu près toutes les heures et ça ne coûte qu'un euro !

158 M. Collins lève les sourcils. Ce jeune homme semble avoir réponse à tout.

— Ça prendra combien de temps ? demande-t-il.

— Le trajet ne prend pas plus de vingt minutes et je vous promets de ramener Emma à l'heure que vous voudrez !

— Alors, qu'est-ce que tu en dis ? demande Pierre à Emma.

Ils sont assis sur la quatrième marche d'un escalier en pierre qui grimpe du chemin en contrebas et qui s'étire le long d'un des murs du Château Royal. Au-dessus d'eux, une rangée d'oliviers offre une ombre agréable contre le soleil brûlant. Devant eux se trouve le port où flottent les voiles blanches des yachts dans la brise et, au loin, là où le mur du port forme une courbe, une ancienne église couronnée d'un dôme scintillant au soleil semble surgir de la mer.

— C'est magnifique ! dit Emma dans un souffle.

Elle avait trouvé qu'Argelès était joli, mais là, c'est extraordinaire.

— Quelle vue !

— Beaucoup d'artistes venaient peindre ici, dans le temps, dit Pierre. Tu vois pourquoi, non ?

Ils avaient marché jusqu'à l'arrêt de bus où les Collins avaient pris le petit train l'autre jour. Puis ils avaient pris le bus régional jusqu'à Collioure. Le trajet avait été court, comme l'avait promis Pierre, mais aussi impressionnant. La route zigzaguait et longeait les falaises, offrant des vues de tous côtés, parfois le panorama de la baie au-delà d'Argelès et St-Cyprien et parfois le magnifique spectacle des contreforts des Pyrénées plongeant dans les eaux de la Méditerranée d'un bleu profond.

— Qu'est-ce que tu voudrais faire maintenant ? demande Pierre.

— Ça t'embêterait qu'on reste là un peu à admirer la vue ? demande Emma. Il fait trop chaud là-bas, mais il y a une brise agréable sous ces arbres et tellement à voir !

Ils restent donc ainsi, assis l'un à côté de l'autre, pendant que le monde continue à s'agiter juste en-dessous d'eux : des jeunes entrent ou sortent de l'eau en courant, des personnes plus âgées flânent sur la plage, des enfants s'amusent avec des seaux et des pelles, des couples marchent en se tenant par la taille, parlant et riant, inconscients du monde autour d'eux. Emma doit se pincer pour s'assurer que tout cela est bien réel ; qu'elle, Emma Collins, est assise là dans ce paradis terrestre avec un garçon qu'elle ne connaît que depuis deux ou trois jours !

— Tu ne dis rien ! remarque Pierre. À quoi tu penses ?

— Eh bien, à toi, en fait ! répond-elle avec une certaine audace. Je me disais que je ne sais pratiquement rien sur toi. Toi, par contre, tu sais tout sur ma présence ici, l'histoire de mon grand-père, etc. Tu connais mon frère et mes parents et moi, je ne sais même pas ton nom de famille !

— Il n'y a pas grand-chose à savoir, tu sais. Il y a des milliers de gens comme nous dans ce coin de France. On est ce qu'il reste de la *Retirada* d'il y a soixante-dix ans !

— La *Retirada* ? C'est quoi ?

— C'est le nom catalan pour désigner la grande vague de réfugiés qui ont quitté l'Espagne à cause du général Franco.

— Mais je n'en sais toujours pas plus sur toi ! s'exclame Emma. Tu as des frères et sœurs ? Tu habites où ? Tes parents, ils font quoi ? Et toi, qu'est-ce que tu fais quand tu ne travailles pas au snack ?

— Eh ben dis-donc, rien que ça ? répond Pierre. Bon, j'ai une sœur qui vit à Argelès, mon père est plombier et je vais bientôt entrer en terminale au lycée avant d'aller à la fac.

— Et qu'est-ce que tu vas étudier à la fac ?

— Pas la plomberie, en tout cas ! Mais quoi exactement, je n'ai pas encore décidé. Vu mes antécédents, je crois que j'aimerais faire quelque chose en rapport avec les réfugiés, mais je ne sais pas trop comment m'y prendre. Il me reste encore plein de temps !

— Et tes grands-parents, ils sont toujours en vie ?

— Je crois t'avoir dit que mes deux grands-pères ont été dans des camps après la *Retirada*. Ils vont bien, tous les deux. La mère de Maman aussi, mais en ce qui concerne la mère de Papa, c'est un peu compliqué. Quand j'y pense, c'est un peu comme ta famille. La mère de Papa est morte quand il est né.

— Alors tu n'as qu'une grand-mère ?

— En fait, mon grand-père n'arrivait pas à travailler et à s'occuper de mon père quand il n'était qu'un bébé, alors il a engagé une jeune femme pour s'occuper de lui et, peu après, ils se sont mariés. Alors j'ai deux grands-mères, mais une seule est ma vraie grand-mère !

— Ça a dû être terrible pour ton père, dit Emma. Il a des frères et sœurs ?

— Il a deux demi-frères, plus jeunes que lui, bien sûr. Mais ils sont pas très proches. Il s'est toujours senti un peu différent, sans doute parce qu'ils n'avaient pas la même mère.

Emma se demande si c'est ça qui explique l'étrange forme de solitude qu'elle a observée en lui. Est-ce que ça vient du fait que c'est un garçon espagnol élevé en France, dans une famille brisée par la mort et le remariage ? Est-ce pour ça qu'il s'intéresse tant aux tristes événements des plages d'Argelès ?

— Et maintenant, à quoi est-ce que tu penses ? s'enquiert-il d'un air taquin.

— Je me dis qu'on devrait peut-être se remettre en route ! ment-elle. Tu te rappelles ? Tu as promis de me ramener avant 17h !

Elle se lève rapidement et commence à descendre les marches, mais elle en a mal jugé la hauteur et tombe dans les bras de Pierre qui avait pressenti sa chute. Il la retient un moment et, lui prenant la main, il dit :

— Viens, laisse-moi t'aider à descendre ces marches, elles sont plus difficiles qu'elles le paraissent !

Ne sachant pas quoi dire, elle se laisse guider vers le chemin où, après quelques instants, il lui lâche enfin la main. Ils marchent en dessous des énormes murs de la citadelle construite plusieurs centaines d'années auparavant pour protéger le port.

Une fois arrivés à l'arrêt de bus, ils voient qu'il y a presque une demi-heure d'attente avant le bus suivant, alors ils s'assoient au café à une des tables sur le trottoir et commandent des boissons rafraîchissantes. La conversation semble difficile à entamer et, quand Emma arrive enfin au bungalow de ses parents, elle n'arrive pas à savoir si son premier rendez-vous avec Pierre s'est bien passé ou non !

CHAPITRE DIX-HUIT
Rivesaltes

On est mercredi, le jour de la visite à Rivesaltes, le camp où Grand-père a vécu quand il était bébé. La famille prend son petit-déjeuner de bonne heure et tout le monde est prêt à 8h30 comme prévu. Pierre arrive, plus ou moins à l'heure, dans une petite voiture conduite par un jeune homme d'environ trente ans. Ils descendent de voiture et Pierre fait les présentations.

— Voici M. Duval, un de mes professeurs, dit-il. Il vous expliquera tout !

— Appelez-moi Robert ! dit le nouveau-venu. Comme l'a dit Pierre, j'enseigne dans son lycée. Mais je suis aussi membre d'un groupe d'action formé il y a quelque temps. Le groupe est composé principalement de profs, mais pas uniquement. On s'inquiète du fait que, depuis des années, les adolescents quittent le lycée sans rien savoir sur ce qui s'est passé ici dans les années 30 et 40. On avait peur qu'il ne reste bientôt plus personne pour se rappeler ces événements.

C'est grâce à nous et à d'autres comme nous qu'il se passe enfin quelque chose. Mais assez parlé ! Allons-y. Je suggère que Pierre parte avec vous au cas où on serait séparés et l'un de vous peut venir avec moi.

C'est Andrew qui monte en voiture avec Robert ; M. et Mme Collins s'installent à l'avant de leur voiture, avec Emma et Pierre à l'arrière. Emma ne peut s'empêcher de penser que cette visite commence bien ! Ils avancent vite le long de la grande route en direction de Perpignan, mais la circulation ralentit un peu lorsqu'ils traversent la ville.

— Il y a une route qui contourne le centre, dit Robert à Andrew, mais elle n'est pas encore terminée. En attendant, il vaut mieux l'éviter complètement !

Ils traversent la rivière et se retrouvent bientôt en dehors de la ville. Sur la gauche, ils voient l'aéroport et presque aussitôt, deux rangées d'éoliennes géantes. Dans la deuxième voiture, Pierre explique aux Collins :

— Elles ont été construites sur un ancien camp d'internement. On y construit aussi un grand site industriel. Mais il reste encore une grande partie du vieux camp laissé dans le même état qu'il y a environ 70 ans !

Ils ont maintenant quitté la grande route et se fraient un chemin devant de nouveaux bâtiments puis contournent une série de ronds-points. Ils tournent à droite là où il y a un panneau qui indique le mémorial du camp de Rivesaltes. Peu après, les deux voitures quittent la route pour se garer sur un chemin cahoteux bloqué par d'énormes rochers. De l'autre côté de la route, il y a plusieurs monuments commémoratifs, tous très différents les uns des autres ; certains assez imposants, d'autres plutôt rudimentaires que les années ont contribué à détériorer.

Ils descendent tous de voiture et sont immédiatement frappés par la chaleur du soleil. Ils se trouvent sur une vaste plaine, les montagnes au loin à l'ouest, le contour familier du pic du Canigou encore visible et, au fond vers l'est, de l'autre côté de la plaine, ils arrivent à distinguer le bleu de la Méditerranée. Ils traversent la route pour regarder les monuments.

— Certains sont là depuis très longtemps, d'autres sont plus récents, dit Robert.

— Pourquoi il y en a tant ? demande Andrew.

— Ce camp a rempli différentes fonctions au fil des ans et toutes sortes de gens ont été détenues ici, explique Robert. Ça a commencé avec les Espagnols qui ont été déplacés quand le camp d'Argelès a fermé ses portes. Je crois que vous êtes au courant de ça ?

Ils hochent tous la tête et murmurent quelque chose en signe d'approbation.

— Et puis il y a eu les Juifs, notamment certains membres de votre famille, à ce qu'il paraît. Il y avait aussi des Tziganes, des Témoins de Jéhovah, des prisonniers politiques et tous ceux qui étaient visés par le gouvernement. Et plus tard, quand la roue a tourné, on y a emprisonné des soldats allemands. Ensuite, il y a eu des réfugiés de la guerre d'Algérie. Ces stèles[8] ont été érigées en mémoire de tous les gens qui ont souffert ici. C'était un endroit atroce. Vous sentez la chaleur maintenant ? Et il est encore tôt. En hiver, le froid peut être glacial. Mais le pire, c'est le vent. Aujourd'hui, ça va, il n'y en a pas trop. Bon, allons voir le camp. Faites attention en traversant la route !

Ils retournent là où ils ont laissé les voitures.

---

[9] Pierre dressée et revêtue d'inscriptions

— Il y a quelques années, on aurait marché le long de ces rails, dit Robert. Mais, maintenant que le mémorial a été construit, il faut faire le tour jusqu'au parking du musée. Ils ont placé ces blocs ici pour empêcher les gens de déambuler dans le camp comme ils le faisaient avant.

Ils remontent tous en voiture et rejoignent la route. Ils passent devant ce qu'il reste du camp sur leur droite. Ils remarquent les vestiges de vieux bâtiments, pas un seul avec un toit intact et très peu avec tous leurs murs. De la plupart des bâtiments, il ne reste plus que les sols en béton.

Pierre explique la façon dont Rivesaltes en est venu à remplacer Argelès comme camp pour les réfugiés espagnols :

— Ça allait être tellement mieux ici pour eux, dit-il. Il y avait de vrais bâtiments, même des toilettes et des endroits où se laver. Il devait y avoir un hôpital avec du personnel formé toujours disponible. Tout allait être organisé en fonction du bien-être des enfants.

— Que s'est-il passé, alors ? demande M. Collins.

— Eh bien, ça ne s'est pas passé comme prévu ! Au lieu de ça, de plus en plus de gens ont été envoyés ici et, finalement, c'est devenu le centre de regroupement pour tous les Juifs vivant dans la zone libre. La surpopulation était épouvantable, il y avait des rats et de la vermine, des maladies se sont répandues dans tout le camp et les gens ont commencé à mourir en grand nombre.

— Vous voulez dire que c'était comme Auschwitz ? demande Mme Collins.

— Non ! Personne n'a essayé de tuer les prisonniers ici. Ils n'ont simplement pas assez essayé de les garder en vie. Finalement, 215 personnes sont mortes ici, dont 51 enfants.

— Est-ce qu'il y a un cimetière ici comme celui que Pierre m'a montré à Argelès ? demande Emma.

— Non, ils ont tous été enterrés dans le cimetière municipal de Rivesaltes. Une stèle a été érigée en leur mémoire là-bas.

— On peut retrouver où Grand-père a dû vivre ? demande Emma.

— Non, répond Robert. Avant, on pouvait aller là-bas, mais maintenant, on peut seulement aller au musée et aux alentours du musée. Les Juifs étaient tous confinés dans l'îlot K. Au départ, c'était la zone pour les enfants, mais quand le camp s'est vu obligé de garder tous ces Juifs pour les déporter à Drancy, c'est l'îlot K qui est devenu leur prison. « Îlot » veut dire « petite île » ; chaque îlot était entouré de barbelés, alors c'était comme des prisons à l'intérieur de la prison principale.

Ils arrivent au parking du camp. Il est grand, avec assez de places pour un grand nombre de voitures ainsi qu'un emplacement pour les cars. Mais aujourd'hui, il n'y a qu'une vingtaine de véhicules garés au soleil. Ils descendent de voiture et suivent Robert le long de l'allée centrale qui mène à une énorme excavation rectangulaire dans le sol.

— Ils ont décidé de faire un musée souterrain, explique Robert. Ils voulaient que les visiteurs découvrent l'immensité du camp d'origine, ce qui n'aurait pas été le cas si on avait construit un grand bâtiment en surface. Alors le mémorial a été placé dans cet immense trou dans le sol ; on n'en voit que le sommet. On peut descendre cette rampe pour accéder au musée, mais avant, faisons le tour du périmètre. Il y tant de choses à voir !

Un chemin en béton entoure sur chaque côté le bâtiment qu'ils contournent, passant devant les ruines des blocs de casernes et de latrines. À intervalles réguliers, des panneaux d'affichage donnent diverses explications. La vue de l'ancien camp s'étend devant eux sur une immense plaine. C'est désespérément monotone, sans attrait. Cependant au loin, on peut entrevoir un autre monde : le magnifique massif du Canigou s'élevant haut sur l'horizon, pas encore enneigé comme en hiver, mais incroyablement beau malgré tout, et rappelant à ceux qui le voient qu'il y a une beauté naturelle dans la création, que même cette horreur dont les hommes sont coupables ne peut effacer.

Emma se tourne vers Pierre qui regarde aussi dans la direction de la montagne.

— Il fait quelle hauteur ? demande-t-elle.

— Le massif du Canigou ? Je ne pourrais pas te dire exactement, mais je sais qu'il ne fait pas tout à fait 3000 mètres.

— La plus haute montagne d'Irlande fait un peu plus de 1000 mètres, dit M. Collins. Celle-ci fait presque trois fois plus, dis-donc !

Ils rebroussent chemin pour commencer la longue descente de la rampe vers l'entrée du musée. Ils achètent leurs billets puis continuent à marcher le long d'un couloir avant de se retrouver dans une grande salle. Sur tous les murs, il y a des photos et des vidéos. Elles sont divisées en sections, chacune montrant une étape différente de l'histoire du camp.

— C'était le plus grand camp de détention de toute l'Europe de l'Ouest, explique Robert. Et sans doute celui qui a servi le plus longtemps. Il a interné des prisonniers de 1941 à 1977 et à un moment donné, après la ville de Perpignan, c'est là qu'il y avait la population la plus importante des Pyrénées-Orientales.

Le petit groupe se disperse et passe une heure ou plus à regarder les vidéos et les photos et à examiner les nombreux objets exposés sous verre, sur les tables au centre de la salle. Malheureusement, il n'y a pas grand-chose à lire en anglais, mais les photos parlent d'elles-mêmes.

— C'est dingue de penser que Grand-père était ici ! murmure Emma à son frère.

— Oui, mais encore plus dingue qu'il ait été sauvé par une femme irlandaise, pour finir lui-même en Irlande !

— C'est sûr ! Je n'avais pas pensé à ça, dit Emma. On a tellement de choses à lui raconter.

Finalement, après avoir acheté des photos et un guide en version anglaise, ils quittent le musée et retournent au parking sans se presser.

— Il me reste encore une chose à vous montrer avant de quitter Rivesaltes, dit Robert. Montez en voiture et suivez-moi ! Restez tout près, essayez de ne pas laisser de voitures s'intercaler entre nous.

Ils repartent par la route qu'ils ont prise pour venir et se retrouvent à un rond-point dans la zone industrielle. La voiture de Robert ouvre la voie ; ils passent devant des centaines de voitures neuves prêtes à être expédiées dans toute la France et s'engagent dans une rue agréable, bordée d'arbres et de maisons récemment construites. Ils se garent et descendent de voiture.

— Tout ça faisait partie du camp, au départ, explique Robert. Regardez ça, maintenant !

Il désigne un long tronçon caillouteux semblable à la piste qu'ils ont vue plus tôt :

— Vous voyez la façon dont cette piste vire sur la gauche là-bas ? Vous voyez cette rangée d'arbres qui longe le virage ? Avant, c'était la voie ferrée ; elle formait une courbe vers la gauche et au-delà, là où vous pouvez voir l'autoroute, elle rejoignait la ligne ferroviaire principale. L'autoroute n'existait pas, bien sûr.

Il se penche pour montrer des marques sur la voie :

— Regardez, on peut voir où les traverses étaient fixées au sol, ici et là. Et regardez, voici l'un des boulons d'accouplement qui fixaient la voie ferrée aux traverses. C'est ici, M. Collins, que votre tante est montée dans le train qui l'a conduite vers la mort en Pologne avec des milliers d'autres ! Mais quand les premiers convois sont partis, il n'y avait pas de rails ici. Ils partaient de la gare de Rivesaltes. Les passagers prenant le train jusqu'à Perpignan ou Narbonne étaient horrifiés de voir des centaines de gens en guenilles qu'on poussait dans les wagons à bétail. Il y avait même des gens qui essayaient de se suicider. Alors les autorités ont vite décidé de construire une ligne allant directement au camp afin d'épargner aux bons citoyens français ce spectacle épouvantable !

Tout le monde regarde et écoute sans rien dire. Finalement, Robert brise le silence :

— Pendant toutes ces années, on a laissé cet endroit tomber en ruines. Personne ne s'est donné la peine de protéger ce qui est, après tout, un site archéologique de grande importance historique. Ce n'est que récemment qu'on a installé ces blocs pour empêcher les gens d'entrer en voiture et de prendre des objets qu'ils y trouvaient. C'est pour ça qu'on a formé notre petit groupe : on voulait se battre pour avoir un musée commémoratif sur ce site. On a enfin réussi et cet endroit ne risque plus d'être oublié.

Andrew pose à Robert une question qui le tracassait depuis un moment :

— Est-ce que Rivesaltes était un camp de concentration ? C'est le bon mot ? J'ai remarqué que Pierre et vous l'aviez appelé un camp d'internement. Vous pourriez expliquer la différence ?

— C'est une bonne question à laquelle il est assez difficile de répondre, explique Robert. Quand il a été ouvert au départ pour recevoir les Espagnols d'Argelès, on l'appelait centre d'hébergement, ce qui veut dire « accommodation » en anglais ! C'est un mot dont on se servirait plutôt quand on cherche un hôtel ou un gîte. Ce n'est vraiment pas le bon terme dans ce contexte ! On peut dire qu'il s'agissait d'un camp de concentration dans la mesure où les gens y étaient déportés contre leur gré, pour être ensuite envoyés ailleurs. C'était plus facile à faire quand les gens étaient tous concentrés dans un endroit. Mais ce mot en est venu à être associé avec les camps de la mort comme Auschwitz, alors peut-être qu'« internement » serait mieux, ici. Ceci dit, ce qui importe, ce n'est pas le mot qu'on emploie, mais bien plus le fait de savoir et de se rappeler ce qui s'est passé ici, et de s'assurer que rien de tel ne se reproduira jamais !

Le groupe réfléchit à nouveau en silence, jusqu'à ce que Robert reprenne la parole :

— Eh bien, je suggère qu'on aille trouver un endroit frais où déjeuner et si vous avez d'autres questions, je ferai de mon mieux pour y répondre. Allons-y !

Ils trouvent un bistrot pas loin de là et, quand ils sont confortablement installés à l'ombre, Robert dit :

— Je viens de penser à quelque chose ! Vous avez fait des projets pour demain ?

— Non, répond M. Collins. Rien de spécial. Il faudrait sans doute qu'on prenne le temps d'assimiler et de noter tout ce qu'on a appris et, avant tout, il faudrait qu'on écrive à mon père pour lui dire ce qu'on a découvert. Vous aviez quelque chose en tête ?

— Oui, je crois qu'il y a autre chose que vous devriez voir. Si vous avez le temps, disons environ deux heures, je pourrais vous emmener à un endroit que vous trouverez certainement intéressant et où il est possible que vous en appreniez plus sur votre père.

M. Collins regarde les autres :

— Vous êtes partants pour en découvrir davantage ? demande-t-il.

Ils hochent tous la tête en signe d'approbation.

— Je viendrai vers 10h, alors. Ça vous va ? demande Robert.

— OK ! répondent-ils à l'unisson. À bientôt !

CHAPITRE DIX-NEUF
Margaret

Avril 1942

Mary Elmes se penche au balcon de son appartement du troisième étage et regarde dans la rue. Il est encore tôt, mais le soleil s'est levé et la journée promet d'être belle. Les arbres de l'avenue des Baléares sont déjà en fleurs. Il fait bon en ce mois d'avril et il souffle une douce brise. Ça ne sera pas comme ça là où elle va aujourd'hui, se dit-elle tristement.

Elle reçoit une collègue chez elle pendant deux ou trois jours : Margaret Smith, du siège social quaker à Philadelphie. Arrivée depuis peu, elle est essentiellement basée à Marseille, mais à sa propre demande, elle se déplace maintenant dans les différents bureaux quaker, pour voir par elle-même les véritables conditions de vie dans les camps. Aujourd'hui, Mary va l'emmener visiter le camp de Rivesaltes, où plus de 3000 hommes, femmes et enfants sont détenus dans des conditions déplorables. Elle se demande comment cette femme élégamment vêtue, venant des États-Unis d'Amérique, pays encore en paix, va réagir face aux réalités de la vie d'un des nombreux camps du sud de la France.

Elles prennent un petit-déjeuner plus copieux que d'habitude pour Mary, passent du temps à discuter de certains problèmes qui les préoccupent, puis vers midi, se rendent au camp dans la petite Ford conduite par Victor, le chauffeur espagnol de Mary.

Par la vitre de la voiture, Margaret regarde défiler le paysage.

Bien que Perpignan souffre de toutes sortes de pénuries, la ville n'a pas été touchée par les attaques militaires. Au premier coup d'œil, cette ville est assez plaisante. Seuls les vêtements ternes et défraîchis des piétons et les devantures vides sur le boulevard des Pyrénées, jadis si fier, témoignent de la souffrance des Perpignanais. En fait, tout le monde a faim, très faim, mais personne n'a plus faim que les prisonniers du camp où Victor les conduit.

Bientôt, ils traversent la rivière Têt et passent par des terres agricoles. Les champs sont mal entretenus, un grand nombre d'ouvriers étant encore internés dans des camps de prisonniers de guerre allemands, deux ans après l'armistice. Le paysage est tout plat maintenant, et Margaret remarque qu'il y a plus de vent qu'en ville. La voiture tourne à droite et traverse ce qui avait dû être des prés verts dans le temps. Mais cette plaine n'est couverte que de poussière et de pierres, et la poussière est soulevée par le vent, ce qui réduit la visibilité.

Ils passent entre deux piliers en béton et s'arrêtent le long d'un bâtiment en briques. Un garde examine leurs papiers et leur fait signe d'avancer. Il est évident qu'on les connaît bien ici, se dit Margaret.

— On va descendre ici et marcher, annonce Mary. Tenez bien votre chapeau pour qu'il ne s'envole pas !

En effet, le vent souffle très fort. Margaret regarde autour d'elle. La plaine s'étend à perte de vue et elle est couverte, rangée après rangée, de baraquements en béton d'un étage. Elles sont largement espacées et auraient pu sembler tout à fait acceptables si elles s'étaient trouvées dans des prairies et séparées par des parterres de fleurs. Mais ici aussi, il n'y a que poussière et pierres. Margaret se dit qu'elle n'a jamais vu tant de pierres ! Pas un seul brin d'herbe n'est visible, pas même une mauvaise herbe. C'est un désert de poussière.

Elles se faufilent entre les baraques, la tête baissée et les yeux presque fermés pour empêcher les grains de poussière d'y entrer. La chaleur commence à se faire sentir, l'éblouissement du soleil les force à chercher un peu d'ombre, mais c'est en vain puisqu'il n'y en a pas.

— Où sont les gens ? demande Margaret qui ne voit pas âme qui vive.

— Tout le monde reste à l'intérieur quand la tramontane souffle, dit Mary. Ce qui est le cas presque tout le temps ! En été, il fait une chaleur insupportable et, en hiver, le froid est glacial. Et on ne peut pas y échapper ! La poussière pénètre les vêtements, la nourriture et les lits. C'est un endroit invivable. Au départ, c'était conçu comme un camp militaire, mais il a été abandonné parce qu'il ne convenait pas aux chevaux. Et maintenant plus de 700 enfants y vivent !

— Quels sont ces bâtiments avec les marches à l'extérieur ? demande la jeune Américaine.

— Ce sont les latrines. Ils sont à ciel ouvert, avec juste un trou dans le sol et un seau en dessous.

Margaret secoue la tête d'un air incrédule :

— Et vous dites qu'il y a des mères avec leurs nourrissons ici ?

— Oh oui ! Un grand nombre de femmes étaient enceintes quand elles ont été arrêtées et amenées ici. Les décès de bébés sont fréquents. On espère pouvoir faire sortir quelques-unes de ces femmes pour un court moment de répit, le temps qu'elles accouchent.

— Et ensuite, elles devront ramener leurs nouveau-nés ici ? demande Margaret, horrifiée par la désolation qui règne autour d'elle.

— J'en ai bien peur. Les mères qui ont passé du temps dans d'autres camps me disent que celui-ci est le pire à cause du vent.

Elle l'entraîne de l'autre côté d'un des bâtiments :

— Nous voici dans la « salle à manger ».

Le réfectoire est un bâtiment en béton, tout comme les autres. De nombreux enfants, tenant une boîte de conserve ou un petit seau à la main, sont alignés le long d'un des murs de l'édifice. La plupart sont pieds-nus, bien que certains portent des sandales qui ont l'air d'avoir été fabriquées avec de vieux pneus de voiture. Ils sont tous mal vêtus et attendent patiemment, le visage grimaçant, sans rien dire, secoués par le vent hurlant entre les bâtiments.

Les deux femmes passent par une entrée décorée de tableaux aux couleurs vives représentant un train, un camion, un avion et un navire. Mary montre du doigt le navire sur lequel on peut voir les étoiles et les bandes du drapeau américain.

— C'est censé représenter le navire quaker apportant des provisions d'Amérique, explique-t-elle. Mais le navire ne vient que rarement à cause du blocus britannique.

— Du blocus britannique ? s'enquiert Margaret.

— Oui. Les Britanniques ont imposé un blocus total de tous les ports français, pour bloquer le ravitaillement des troupes allemandes. Mais, évidemment, ça signifie de grandes difficultés pour les civils français et les gens des camps sont les derniers à avoir quoi que ce soit. Ils sont censés recevoir une ration quotidienne, juste de quoi les maintenir en vie. Mais les vivres passent par diverses personnes avant d'arriver au camp et chacun se sert au passage. Il ne reste donc pas grand-chose quand ils arrivent aux gens à qui ils sont destinés. Heureusement, les enfants reçoivent des rations supplémentaires provenant d'organisations comme la nôtre qui viennent de toute l'Europe, mais il n'y a pas de surplus pour les adultes, ce qui inclut les adolescents !

À présent, les enfants entrent en file indienne dans la salle, montrent leur carte à un des assistants, puis se dirigent vers la table où l'on remplit leurs récipients rudimentaires d'un mélange de riz et de lait bouillant. Chaque enfant regarde avec une grande attention la louche remplir leur écuelle et, s'il en coule un peu sur le côté, ils s'empressent de le lécher pour ne pas perdre un grain de riz. Puis ils s'assoient sur les bancs, sortent des cuillères de leur poche et dévorent la nourriture aussi vite que possible.

— J'ai souvent regardé des enfants manger leur dîner, dit Margaret à voix basse à sa compagne. D'habitude, on les entend parler et rire, souvent même trop, et on doit leur dire d'être sages. Mais regardez ces enfants ! On n'entend pas le moindre son, à part celui des cuillères contre les boîtes de conserve. Regardez-donc ces petits visages dévorer les derniers grains de riz !

Un peu plus tard, les deux femmes se trouvent dans un autre bâtiment reconverti en atelier où plusieurs prisonnières fabriquent des espadrilles. Une institutrice qui travaille dans le camp s'approche et on la présente à la déléguée américaine.

— Quand on a donné des crayons et du papier à ces enfants et qu'on les a laissé dessiner ce qu'ils voulaient, dit l'institutrice qui s'appelle Mercedes,

la plupart ont simplement dessiné des rangées de bâtiments. Nés dans les camps, ils n'ont jamais rien vu d'autre. Ils ne savent pas ce que c'est que des maisons, des magasins, des rues bondées ; ils ne savent rien du monde en dehors du camp. Quelle sorte d'adultes ces enfants prisonniers et à moitié morts de faim deviendront-ils donc ? Et quand nous avons décoré la salle à manger avec une bordure colorée représentant des champs verts et des lapins, les enfants étaient terrifiés parce qu'ils pensaient que c'étaient des rats. Les rats sont les seuls animaux qu'ils aient jamais vus !

Les trois femmes se rendent à l'extérieur. Le vent s'est calmé et s'il y avait de l'ombre, ce serait presque agréable. Quelques-unes des personnes les moins faibles commencent à apparaître dans les espaces entre les bâtiments. Mais il n'y a nulle part où s'asseoir, pas de sièges, de bancs, de talus herbeux, seulement le sol, caillouteux et poussiéreux. Certaines s'assoient sur les pierres, mais quand elles se relèvent, c'est avec grande difficulté. Mary Elmes et sa compagne marchent parmi elles, constamment arrêtées par des gens qui veulent échanger quelques mots avec la jeune Irlandaise. Margaret Smith remarque combien ils apprécient les paroles que Miss Mary leur adresse tout en les écoutant attentivement parler de leurs problèmes et de leurs besoins.

— Il n'y a pas que nous ! lui dit Mary dans la voiture en rentrant à Perpignan. La Croix-Rouge fait un travail remarquable ici aussi, tout comme l'OSE, l'aide aux enfants juifs. Tout le monde fait ce qu'il peut, mais ce n'est qu'une goutte d'eau dans l'océan.

CHAPITRE VINGT
La maternité à Elne

Robert arrive à 10h précise le lendemain matin, comme promis.

— Vous pouvez tous vous entasser dans cette vieille voiture, si vous voulez ! dit-il. Mais on sera plus à l'aise dans la vôtre, si ça ne vous dérange pas de conduire encore.

Emma cherche Pierre des yeux, mais elle ne le voit pas.

— Si c'est Pierre que tu cherches, lui dit Robert, j'ai bien peur qu'il ne puisse pas venir aujourd'hui. On a besoin de lui à la maison, apparemment.

Emma était certaine qu'il viendrait ; elle n'avait eu aucune raison de croire le contraire la veille. En revanche, il n'avait pas dit qu'il allait venir, alors peut-être aurait-elle dû l'inviter ? Et il ne leur reste que deux jours… Si elle voulait mieux le connaître, elle ne pouvait pas manquer la moindre occasion. Tout à coup, elle se rend compte que tout le monde est en train de monter dans la voiture de Papa.

— Tu rêvasses encore ! gronde sa mère. Dépêche-toi, Robert n'a pas que ça à faire !

— On va où ? demande M. Collins en attachant sa ceinture de sécurité.

— En fait, tout près d'ici, répond le professeur. On va à un endroit qui s'appelle le « Château d'en Bardou ». Ce n'est pas ce que vous appelleriez un château en Irlande, c'est plutôt une grande villa. Mais c'est magnifique et son histoire formidable ne manquera pas de vous intéresser !

— Je prends quelle direction ? demande M. Collins en sortant par le portail du camping.

— Vous savez comment rejoindre la route principale. Arrivé là, tournez à droite en direction d'Elne et Perpignan, en prenant la même route qu'on a prise hier pour aller à Rivesaltes.

Ils mettent quelques minutes à atteindre la route d'Elne. Emma regarde par la vitre, mais sans vraiment faire attention au paysage. L'esprit ailleurs, elle ne remarque pas la magnifique cathédrale devant laquelle ils passent en roulant lentement dans la circulation dense ; elle ne se rend pas compte non plus qu'ils se trouvent maintenant à nouveau dans la campagne.

— Tournez à droite, là ! indique Robert quand ils passent sous la ligne de chemin de fer.

Ils avancent dans une ruelle étroite et, juste devant, à travers les arbres, Emma voit un bâtiment remarquable. Il est carré, pas très grand, mais exceptionnellement haut et couronné d'un dôme en verre.

— Il faut vous garer par là-bas dans le champ, dit Robert à M. Collins. Si vous avez de la chance, vous trouverez peut-être une place à l'ombre le long de ce mur.

Quelques minutes plus tard, après s'être garés, ils descendent tous de la voiture et suivent une autre famille qui marche vers l'entrée.

— Quel est cet endroit, Robert ? demande Mme Collins.

— Ça s'appelle « le Château d'en Bardou », mais il est mieux connu sous le nom de « Maternité suisse ». Vous pourrez prendre un dépliant en entrant, mais je vais vous donner quelques détails maintenant avant qu'on y arrive. Une jeune femme de la Croix-Rouge est venue ici en 1939. Elle s'est rendu compte que le bâtiment, qui était vide et déserté, ferait bien l'affaire comme hôpital pour les femmes enceintes du camp d'Argelès ; elles pourraient venir y accoucher en paix et en sécurité. Elle s'appelait Elisabeth Eidenbenz. Quand les réfugiés ont été déplacés à Rivesaltes, elle a continué son travail là aussi et quelques femmes juives ont eu leurs bébés ici avec les femmes espagnoles.

Ils se trouvent maintenant à l'entrée.

— Le billet coûte quelques euros, dit Robert. C'est pour l'entretien de cet endroit. Cette maison a été découverte en ruines il y a seulement quelques années et ça a coûté bien cher de la remettre en état !

À l'intérieur de la maison, ils se mettent à lire les panneaux sur lesquels sont expliqués les événements à partir de 1939. Il y a des photos des mères et de leurs enfants dans les camps et certaines photos de bébés n'ayant que la peau sur les os sont vraiment choquantes. Robert attire leur attention sur d'autres photos :

— C'est vraiment terrible ! Mais regardez, ici, à la maternité, les mères mangeaient à leur faim et donnaient naissance à des bébés en bonne santé, explique Robert. Elles recevaient les mêmes soins que dans un hôpital en temps de paix. Cet endroit leur procurait une pause merveilleuse, mais malheureusement, elles devaient retourner aux camps pour laisser la place à d'autres femmes.

— Combien d'enfants sont nés ici ? demande Mme Collins.

— Environ 600. Si on monte, vous pourrez voir tous leurs noms !

Ils se rendent donc en haut où des listes de noms pendent du plafond jusqu'au sol. On peut y voir sur quatre colonnes le nom de tous les enfants nés dans cette maison, du premier en décembre 1939 au dernier en avril 1944.

— Excusez-moi, pourquoi y a-t-il seulement le prénom, suivi d'une initiale pour le nom de famille ? demande Emma à la guide assise à une table couverte de brochures.

— Parce que beaucoup d'entre eux sont encore en vie et on doit respecter leur anonymat, répond-elle.

Emma lit les noms sur les listes. Ils sont indiqués dans l'ordre chronologique. Elle arrive à la date de naissance de son grand-père, le 13 février 1942. Et le voilà : « Franz K » !

L'espace d'un instant, elle est incapable de parler ! Puis elle prend une grande respiration et s'écrie :

— Regardez ! Regardez ! C'est Grand-père ! Il doit être né ici aussi !

Les autres regardent la date qu'Emma indique du doigt.

— C'est la bonne date, ça c'est sûr ! dit son père. Difficile d'en douter, à présent. Qu'en pensez-vous, Robert ?

— Ce serait une drôle de coïncidence si ce n'était pas votre père ! répond-il. Tout semble correspondre. Vous savez que vos grands-parents étaient au camp de Rivesaltes. À mon avis, c'est bien ici qu'il est né. C'est pour ça que j'espérais justement qu'on aurait la chance de trouver son nom sur la liste. Heureusement qu'on est venus ici !

Il reste encore deux étages à explorer, chacun plein de panneaux avec des photos des mères et de leurs bébés.

— Peut-être que ton père et sa mère sont là ! dit Mme Collins à son mari.

Malheureusement, aucune des photos n'ayant de nom ou d'autres détails, il est impossible d'identifier qui que ce soit.

— Après toutes les atrocités que nous avons vues à Paris, Argelès et Rivesaltes, c'est merveilleux de trouver cet endroit où tout était propre et accueillant et où on devait se sentir en sécurité, ne serait-ce qu'un instant ! dit Maman.

— Ce n'était pas aussi sûr qu'on pourrait le penser, dit Robert. Elisabeth était censée prévenir les autorités de la présence de mères juives ou de bébés juifs. Bien sûr, elle ne le faisait pas ; on changeait leur nom et on les faisait passer pour des Espagnols. Mais un jour, un officier allemand est venu chercher une femme juive pour la déporter sous les yeux d'Elisabeth sans qu'elle ne puisse rien faire. Finalement, Elisabeth a été arrêtée par la Gestapo, mais comme on ne pouvait rien prouver contre elle, elle a été relâchée. En plus, elle bénéficiait de son statut de neutralité suisse qui la protégeait.

Ils sont de retour au camping avant l'heure du déjeuner. Emma se rend nonchalamment au snack pour voir si Pierre est là, mais aucun signe de sa présence. Elle passe l'après-midi avec le reste de la famille au bord de la piscine. Ils ont un tas de choses à se raconter et c'est avec des sentiments partagés qu'ils pensent à leur départ samedi. M. Collins a hâte de se retrouver dans le camping en Provence, son premier choix avant que surgisse l'histoire de Rivesaltes et de Grand-père. Andrew et Maman sont tout à fait satisfaits là où ils sont et n'ont pas particulièrement envie de partir. Et Emma... eh bien Emma ne supporte pas l'idée de s'en aller et de ne peut-être jamais revoir Pierre ! Mais elle est ravie d'avoir découvert quelque chose de nouveau à propos de Grand-père et a hâte de raconter tout ça à son retour chez elle.

Quel dommage que Pierre n'ait pas été à la maternité pour partager sa joie au moment de la grande découverte !

CHAPITRE VINGT-ET-UN
Les adieux

On est vendredi et rien de spécial n'a été prévu, sinon une journée tranquille. Les derniers préparatifs de départ se feront demain matin. Andrew a réussi à convaincre son père de l'accompagner au parc aquatique où il était allé tout seul l'autre jour. Maman, comme d'habitude, a de quoi s'occuper au bungalow, bien qu'elle espère trouver un moment pour se détendre avant le voyage du lendemain. Elle aussi aura à conduire, après tout !

Ce qui fait qu'Emma se retrouve toute seule et sans projet pour tuer le temps. Bien sûr, elle aurait pu aller avec Andrew et son père au parc aquatique, mais elle ne voulait pas manquer Pierre s'il se présentait sans prévenir. Elle allume son iPhone, n'ayant rien de mieux à faire. Des amis à elle ont publié des photos d'aventures estivales dans différentes régions du monde. Les commérages à propos de John et elle semblent s'être calmés. Elle se demande où il est à l'heure actuelle. Quelle sorte de vacances passe-t-il ? Tout seul ? Il ne peut pas se sentir plus seul qu'elle en ce moment !

— Salut, ça va ?

C'est Pierre, là, de l'autre côté de la barrière du mobil-home !

— *Ça va*, répond-elle de manière aussi désinvolte que possible.

— Qu'est-ce que tu fais ? demande Pierre.

— Pas grand-chose et toi ?

Il hausse les épaules.

— Moi non plus, pas grand-chose. Tu viens boire quelque chose ?

Elle se demande si elle devrait faire la difficile. Elle ne veut pas avoir l'air trop enthousiaste. Mais comme il ne reste qu'un jour, ça pourrait être fatal !

— Bon, je vais juste dire à ma mère où je vais !

Ils marchent côte à côte en direction du snack. Un des types qui se trouvent là dit quelque chose à Pierre et rit. Pierre n'a pas l'air de trouver ça drôle ; il fait semblant de ne pas avoir entendu.

— Qu'est-ce que tu veux boire ?

— Je peux prendre une glace ? demande Emma.

— Ouais, bien sûr ! Quel parfum ?

— Fraise, s'il te plaît !

— Va chercher une table, je te l'apporte.

En marchant vers une table à l'ombre, elle l'entend dire quelque chose à la fille derrière le comptoir du bar, puis ils se mettent tous les deux à rire. Elle est mal à l'aise, s'imaginant qu'ils parlent d'elle, mais incapable de vraiment savoir ce qui se passe.

Pierre revient avec les deux glaces qu'il a achetées. Ils s'assoient et les mangent sans rien dire. « C'est quand même bête, se dit-elle, pourquoi on ne se parle pas ? » Elle décide de prendre l'initiative :

— On s'en va, demain ! dit-elle.

— Je sais !

— C'est tout ce que tu as à dire ? demande-t-elle sur un ton irrité.

— Qu'est-ce que tu veux que je dise d'autre ?

— Tu pourrais dire que tu es désolé qu'on parte !

— Bien sûr, tu as tout à fait raison, s'excuse Pierre. Ç'a été vraiment super de te rencontrer. Mais toute bonne chose a une fin, non ?

— Mais il faut vraiment que ce soit la fin ? On ne peut pas rester en contact ?

— On pourrait essayer ! Mais à mon avis, on ne tiendra pas longtemps ! On a tous les deux notre vie à vivre. Il y a le lycée et la fac, les amis, la famille, tout ça. Quand on est séparés par des centaines de kilomètres, il n'y a pas grand-chose à se dire.

Emma est choquée. Elle ne comprend pas que Pierre puisse parler comme ça. Pourtant, il l'aimait bien, non ? Ils s'étaient bien entendus ! Quand il l'a prise par la main l'autre jour au moment où elle a failli tomber, il n'avait pas eu l'air pressé de la lâcher ! Elle ne sait pas quoi dire.

Pierre la regarde. Il voit bien qu'elle est contrariée et perplexe.

— Excuse-moi ! dit-il. Je ne voulais pas être impoli. Mais c'est vrai, non ? On s'est bien entendus, mais maintenant, il est temps de se séparer ; c'est comme ça, c'est tout ! Alors maintenant, on se dit *au revoir* !

— Pas *à bientôt*, cette fois-ci, hein ?

— Pas *à bientôt* cette fois-ci, j'en ai bien peur, dit-il en souriant un peu tristement. Ça veut dire « *see you soon* », et on ne va pas se voir bientôt… sans doute même plus jamais !

— Mais tu as dit que tu voulais aller en Angleterre pour perfectionner ton anglais ! dit-elle.

— Ouais, du coup, on aura peut-être l'occasion de se revoir. Mais l'Angleterre, ce n'est pas l'Irlande, hein ? Et de toute façon, qui sait ce qui se passera d'ici là ?

Une voix se fait entendre du snack et à nouveau des rires.

Pierre se lève. Il prend la main d'Emma dans la sienne.

— Écoute, dit-il, je ferai mon possible pour en savoir plus sur la sœur de ton grand-père. Si j'apprends quelque chose, je te le ferai savoir. Tu auras donc peut-être de mes nouvelles ; c'est bien possible. Mais pour l'instant, je dois y aller. Je suis de service le reste de la journée. Désolé ! Prends soin de toi !

Il lui serre légèrement la main avant de disparaître. Emma retourne lentement au bungalow. Sa mère est en train de mettre du linge à sécher sur le fil.

— Tu l'as vu, il était là ?

— Qui ça ? demande Emma, sachant très bien de qui sa mère parle.

— Pierre, qui d'autre ? C'est à lui que tu rêvasses depuis un ou deux jours, non ?

— Je ne rêvasse à personne ! dit Emma furieuse. Oui, il était là et maintenant, il est parti !

— Tu l'aimes bien, hein ? demande sa mère.

C'est bien la dernière chose dont elle a besoin maintenant, qu'on l'interroge sur les sentiments qu'elle a pour Pierre !

— Non ! répond-elle.

Mme Collins lève les sourcils :

— Vraiment ? On l'aurait dit pourtant !

— Puisque tu crois tout savoir sur moi, tu n'as pas besoin de me le demander ! dit-elle d'un ton sec.

Sa mère ne répond pas. « Attention, c'est un sujet sensible ! », se dit-elle.

— Tu peux me donner un coup de main pour étendre le linge ? demande-t-elle.

Emma regarde la pile de vêtements et hoche la tête.

« Elle s'est toujours rendue utile à la maison ! », pense sa mère. Assez traditionnelle, elle se dit également qu'un jour, Emma fera une bonne épouse. Elle dit à haute voix :

— Tu peux toujours le twitter !

Emma roule des yeux de désespoir :

— On ne peut pas *twitter* les gens, Maman ! On les *tweete* ! Mais de toute façon, il dit que ça ne servirait à rien. On le fera un moment et puis ça s'arrêtera !

— Il a sans doute raison, dit sa mère. Les amourettes de vacances sont bien connues pour être de courte durée ! Ce qui peut sembler si merveilleux dans un endroit inconnu et sous un soleil brûlant peut vite paraître irréel quand on se retrouve dans son Irlande pluvieuse !

Emma arrive à esquisser un faible sourire :

— Ce n'était pas vraiment comme ça, Maman ! Je ne suis pas juste une ado stupide qui serait tombée amoureuse d'un jeune garçon étranger. C'était différent. C'est difficile à expliquer. Mais j'avais vraiment l'impression qu'il y avait quelque chose de spécial entre nous. On semblait avoir tellement de choses en commun. Il l'a ressenti aussi, j'en suis sûre. Ça peut paraître bizarre, mais c'est comme si on s'était déjà rencontrés dans une autre vie… ou quelque chose comme ça, en tout cas. Je n'arrive pas à croire que je ne le reverrai jamais !

Mme Collins pose la serviette qu'elle allait étendre sur le fil et met son bras autour de la taille de sa fille.

— Tu sais ce que je crois ? Si quelque chose doit arriver, ça arrivera ! Je le crois sincèrement !

Emma secoue la tête en silence. Puis elle embrasse sa mère :

— Merci de ta compréhension, Maman.

CHAPITRE VINGT-DEUX
À bientôt, Emma !

C'est le dernier jour à Argelès. M. et Mme Collins ont passé la matinée à faire les bagages pendant qu'Emma et Andrew faisaient des va-et-vient avec les poubelles, l'eau, etc. Emma espère que Pierre fera une apparition, mais en vain. Leur voiture est enfin pleine à craquer de leurs affaires et les factures sont payées. Ils sortent par le portail, en route pour le camping de Nice, la prochaine étape de leur voyage. Mme Collins est assise devant à côté de son mari ; Andrew et sa sœur se partagent la banquette arrière. C'est dans le plus grand silence que, s'éloignant à vive allure vers le nord, ils voient disparaître derrière eux le massif du Canigou à présent si familier.

Que de pensées traversent leurs esprits ; en revanche, ils ne disent pas un mot. Ils ont déjà parlé de ce qu'ils ont découvert sur les origines de Grand-père et de ce qui demeure encore un mystère. Ils connaissent le nom du père de Grand-père, mais ils ne savent pas ce qui lui est arrivé quand il a été transféré du camp de Rivesaltes vers un camp de travail à l'adresse inconnue. Ils savent que sa mère a été transportée à Auschwitz et y est presque certainement morte. Ils savent aussi que leur grand-père avait une sœur du nom de Lotte qui avait apparemment échappé aux déportations et qui avait été emmenée dans une colonie d'enfants à Toulouse. Mais là, plus de traces et on ne saura sans doute jamais ce qui lui est arrivé. Et ils savent aussi que Grand-père est né dans le confort relatif de la maternité suisse à Elne ; ils viennent de le découvrir. Et enfin, ils ont appris que c'est Mary Elmes l'Irlandaise qui a sauvé Grand-père et sa sœur.

Emma est elle aussi plongée dans ses pensées, mais elles sont d'une autre nature. C'est à Pierre qu'elle pense, naturellement. Est-ce qu'il restera en contact avec elle ? Est-ce qu'elle le reverra un jour ? Comment a-t-il pu dire au revoir de manière si désinvolte ? Peut-être est-il aussi malheureux qu'elle mais ne veut pas le montrer ? Ça lui fait penser à son arrière-grand-mère Helga. Comment a-t-elle pu laisser ses enfants partir comme ça ? Elle a dû souffrir, non ? Mais elle a fini par faire ce qui lui semblait être pour le mieux. Et sa mère avait raison, bien sûr, le temps qu'elle avait passé avec Pierre se comptait en quelques heures, presque en minutes ! Et pourtant, il était difficile de croire qu'ils ne s'étaient jamais rencontrés avant cette semaine ! Elle pense aussi à la façon dont elle a changé au cours de ces derniers jours. La façon dont son attitude s'est modifiée au fur et à mesure qu'elle devenait plus consciente de ce qui différencie les gens et de la futilité de ces différences. Qu'est-ce que ça peut faire qu'on soit enfant unique, gaucher, qu'on ait les cheveux roux ou qu'on n'utilise pas Snapchat ! Ces différences sont insignifiantes par rapport à ce que cela signifie d'être réfugié, juif dans la France des années 40, tzigane ou bien juste dans le viseur du gouvernement ! Et pourtant, toutes ces différences peuvent entraîner la solitude et le chagrin. Elle se souvient avoir lu l'histoire d'une fille qui s'était suicidée parce qu'elle avait été harcelée sur les réseaux sociaux. Elle y regarderait à deux fois avant de porter des jugements hâtifs sur les migrants et autres personnes en difficulté.

Tout à coup elle se rend compte, pour la première fois, qu'elle aussi vient d'une famille d'émigrés. Elle doit sa vie à l'existence de Mary Elmes et de gens comme elle ! Tout comme Pierre. Il vient d'une famille d'émigrés, lui aussi ! Quel lien y a-t-il entre eux ? Pas un petit amour d'adolescents superficiel, mais une vraie connexion avec des intérêts communs. Il veut travailler avec les réfugiés. Peut-être qu'elle aussi aimerait ça ? Puis elle se met à penser à John Braddock, au fait qu'on ne l'aimait guère et à la façon dont on s'était moqué d'elle parce qu'on l'avait vue avec lui. Oui, elle a changé et elle est certaine que c'est dans le bon sens !

C'est au moment où ils passent par des lagons pleins de flamants roses que le portable d'Emma se met à bipper. À son grand bonheur, elle voit que c'est un texto de Pierre. Il dit : « On croit avoir retrouvé la sœur de ton grand-père ! Appelle-moi ! »

— Arrête-toi, Papa ! crie-t-elle fort à cause du bruit de la route. C'est important !

— Je ne peux pas m'arrêter sur le bord de l'autoroute, répond son père, tournant légèrement la tête vers elle. Si c'est important, je sortirai à la prochaine station d'essence. Il y a un problème ?

— Non ! C'est une bonne nouvelle, je crois ! Mais je dois appeler Pierre.

Pierre répond tout de suite. Emma ne perd pas de temps :

— Où est-ce que vous l'avez trouvée ? demande-t-elle. Elle va bien ? Elle a quel âge ?

— Vous pouvez revenir tout de suite ? Je vous expliquerai tout quand vous serez là ! répond Pierre.

Ils ralentissent et sortent de l'autoroute.

— Je te rappelle tout de suite, dit-elle.

Son père gare la voiture à l'ombre de grands arbres, à une certaine distance des bâtiments de l'aire de repos.

— Alors, de quoi s'agit-il ? demande-t-il.

— Je n'en suis pas trop sûre. Pierre dit qu'il a peut-être trouvé la sœur de Grand-père et qu'on doit revenir tout de suite ! Je vais essayer de le rappeler pour en savoir plus !

La famille descend de la voiture et cherche un endroit où s'asseoir pendant qu'Emma passe son coup de téléphone.

— Écoute, on n'en est pas sûrs. C'est pour ça qu'il faut revenir. Il y a quelque chose que vous devez voir, qu'il faut que vous identifiiez. Mais si c'est bien elle, j'ai peur qu'elle ne soit plus en vie ; elle est morte depuis assez longtemps.

Emma, assez choquée par la tournure des événements, demande à Pierre :

— Tu peux expliquer tout ça à Papa ? Il ne fera pas demi-tour à moins de savoir exactement ce qui se passe !

Puis elle tend le portable à son père.

— Bonjour Pierre ! dit-il. C'est le père d'Emma. Elle dit que tu as d'importantes nouvelles à nous communiquer ?

— Bonjour M. Collins ! Oui, c'est assez important, à mon avis. Nous croyons avoir découvert ce qui est arrivé à la sœur de votre père et nous pouvons vous présenter à son fils. Il aimerait vraiment vous rencontrer, si ce n'est pas trop tard !

— Eh bien, nous sommes à une heure de route, mais vu les circonstances, je crois que nous devrions faire demi-tour. Où est-ce qu'on te retrouve ?

— Vous arriverez par la route principale de Perpignan ? demande Pierre.

— Oui, on prendra la D914.

— Ah d'accord, alors quand vous sortez comme pour aller à Argelès, il y a un centre commercial. On sera à l'extérieur du McDo !

— Très bien, on se retrouve dans une heure, à peu près.

— À tout à l'heure !

M. Collins rend le portable à Emma.

— Eh bien, quel rebondissement ! S'il a raison, il est peut-être avec le fils de la sœur de Grand-père. Il veut nous rencontrer. Ce serait mon cousin ! Comment est-ce que tout ça est arrivé ?

Il y a beaucoup de circulation à Perpignan et il leur faut plus d'une heure et demie pour arriver au McDonald.

— Ils sont là ! s'écrie Emma, montrant du doigt une voiture garée un peu plus loin.

— Je vais me garer près d'eux, dit son père, redémarrant la voiture. Il fait marche arrière, s'approche de l'autre voiture, une Citroën C3, et se gare à côté. Pierre et un homme d'un certain âge se lèvent de la table de pique-nique où ils étaient assis et viennent à leur rencontre.

— Merci d'être revenu, M. Collins, dit Pierre. Voici Carlos Sanchez. Il a quelque chose à vous montrer.

M. Sanchez s'avance et prend la main de M. Collins qu'il secoue vigoureusement. Il parle un espagnol rapide (ou est-ce du catalan ?) et, bien sûr, les Collins ne comprennent pas un mot de ce qu'il dit !

— J'ai bien peur qu'il ne parle pas du tout anglais, alors je serai votre interprète, dit Pierre.

Il se tourne vers M. Sanchez et lui dit quelque chose. M. Sanchez hoche la tête et sourit à pleines dents.

— Il croit que sa mère pourrait être votre tante, dit Pierre en s'adressant à M. Collins. Il veut vous montrer quelque chose !

M. Sanchez ouvre son portefeuille et en sort un objet qu'il tend à M. Collins. C'est une vieille photo jaunie ou plutôt une partie d'une vieille photo jaunie, parce qu'elle a été grossièrement déchirée en deux. Emma, qui regarde par-dessus l'épaule de son père, s'écrie :

— C'est l'autre moitié de la photo de Grand-père ! Regarde ce qu'il y a d'écrit au dos, Papa !

M. Collins obéit à sa fille et tourne la photo.

— Il n'y a rien d'écrit, annonce-t-il. C'est tout blanc ! Où l'avez-vous trouvée ? demande-t-il à M. Sanchez.

Pierre répond à sa place :

— Elle appartient à son oncle. Puis, s'adressant à Emma : Tu es sûre que c'est la même photo que celle dont tu m'as parlé ?

Avant qu'elle puisse répondre, Andrew interrompt :

— Tu as la photo de Grand-père avec toi, Emma ?

— Non, mais j'ai la copie que tu as imprimée depuis l'ordi quand tu as essayé de déchiffrer les inscriptions au dos !

Elle court à la voiture et revient une minute après en tenant la photo dans la main. Les autres se pressent autour d'elle.

— Mais ce n'est qu'un scan de ce qui est écrit. C'est le mauvais côté. On ne peut donc pas être sûrs qu'il s'agisse de la même photo, explique Andrew.

Son père lui prend la copie. Il la retourne et la tient à la lumière.

— Regarde ! dit-il. Regarde le bord déchiré ! On peut voir que la photo de Grand-père est déchirée du côté droit. Et regarde la photo de M. Sanchez. Elle est déchirée du côté gauche et la déchirure correspond exactement à celle de l'autre photo. Vous voyez ce morceau dentelé en haut ? Il est pareil sur les deux !

Andrew reprend la photo :

— Et je me souviens que la photo de Grand-père montrait juste une partie de quelqu'un se tenant à côté de la porte d'une petite maison ; le reste était déchiré. Eh bien, regardez ici ! Il y a l'autre partie et la personne tient un bébé dans ses bras !

M. Collins se tourne vers Pierre :

— C'est la même photo, dit-il simplement. Maintenant, explique-nous ce que ça veut dire. Qui est ce monsieur et quelle est sa relation avec ma tante Lotte ? Allons nous asseoir quelque part où nous pourrons prendre un verre pour écouter cette histoire !

Ils sont d'accord pour dire que cette situation exige plus qu'un café dans une tasse en plastique, alors ils traversent tous le parking jusqu'à un bistrot voisin où ils commandent une bouteille de vin local et des boissons pour les jeunes.

— Ça va être un peu compliqué ! dit Pierre avec un étrange sourire. Je vais essayer de simplifier au maximum ! M. Sanchez n'a jamais connu sa mère. Elle est morte en le mettant au monde. Son père ne pouvait pas s'occuper d'un nourrisson tout seul, alors il s'est remarié assez vite.

À ce moment-là, Pierre jette un coup d'œil furtif à Emma qui le fixe avec stupéfaction. Il continue son récit :

— Son père a emménagé dans une nouvelle maison pour commencer une nouvelle vie avec sa deuxième femme et il a donné toutes les affaires de sa première femme à un de ses frères. Ça n'a pas plu à la famille qui considérait ça comme un manque de respect envers sa femme décédée, ce qui fait qu'il s'est peu à peu éloigné de sa famille. Du coup, M. Sanchez a grandi sans rien savoir sur sa mère naturelle. Les autres n'en savaient pas beaucoup plus, d'ailleurs. Ils avaient toujours cru qu'elle était une de ces femmes de la *Retirada*, une orpheline au passé inconnu. M. Sanchez savait que son oncle, le frère de son père, avait gardé quelques affaires appartenant à sa mère. Je lui ai parlé de votre photo et il a dit avoir vu quelque chose de similaire dans une boîte chez son oncle, quand il était petit. Alors hier, il est allé le voir et lui a demandé s'il pouvait regarder dans la boîte et la photo y était !

Il se tourne vers M. Collins :

— Vous êtes bien sûr qu'il s'agit de la même photo ? demande-t-il.

— Absolument, dit le père d'Emma. Il n'y a aucun doute ! Ma grand-mère a dû garder cette moitié de la photo et la donner à sa petite fille quand elles se sont quittées. Quel miracle que cette photo ait été conservée ! J'imagine que les gens qui ont pris l'enfant chez eux et se sont occupé d'elle se sont rendu compte de son importance ! Alors la mère de M. Sanchez était Lotte, ma tante, et M. Sanchez est mon cousin !

Il se tourne vers l'Espagnol assis à côté de lui avec un grand sourire et lui saisit les mains :

— Si seulement je pouvais parler espagnol !

Pendant tout ce temps, alors que la famille est accrochée à chacun des mots de Pierre, Emma demeure assise, immobile, son verre à la main et bouche bée d'étonnement ! Ses yeux fixent Pierre pendant qu'il parle mais il évite soigneusement son regard. Et puis quand tout le monde s'est tu, il se tourne vers Emma avec un grand sourire sur son visage.

— Je crois qu'Emma a compris que je n'ai pas tout dit ! Vas-y, dis-leur !

Tous les yeux se tournent vers Emma. Mme Collins couvre sa bouche de la main : « Oh mon dieu, se dit-elle, il lui a demandé de l'épouser ou quelque chose d'idiot comme ça ! » Mais elle est à la fois soulagée et surprise quand Emma s'exclame :

— Je pense que Pierre connaît M. Sanchez mieux qu'il ne nous le laisse croire ! Je crois que le nom de famille de Pierre est *Sanchez* et que ce monsieur est son père ! Alors Pierre fait lui aussi partie de notre famille !

Parmi les expressions de surprise et les sourires de joie, Pierre se dirige vers Emma et la serre fort dans ses bras.

— Je peux le faire maintenant ! Nous sommes cousins, après tout !

Mais Mme Collins est toujours perplexe :

— Je ne comprends pas, dit-elle.

Emma se tourne vers sa mère :

— Grand-père et la grand-mère de Pierre étaient frère et sœur. Ils étaient ensemble à Rivesaltes ! Je t'avais bien dit qu'il y avait quelque chose de spécial avec Pierre, que je sentais que je le connaissais déjà, dans une autre vie. Et toi aussi, Pierre, tu as ressenti la même chose ? On fait partie de la même famille ! On ne se séparera donc jamais à partir de maintenant !

POST-SCRIPTUM
Septembre 2019

Dans quelques jours, ce sera le vendredi 27 septembre, le jour de l'inauguration du nouveau pont Mary Elmes au-dessus de la rivière Lee à Cork. Toute la famille Collins y sera, ainsi que les cousins d'Argelès-sur-Mer dont ils viennent de découvrir l'existence. Emma reverra Pierre, son cousin au deuxième degré ! Grand-père sera là aussi. M. White, son professeur d'histoire, sera également présent. Elle a aussi invité John Braddock qui a joué un rôle important dans cette histoire. Il y aura sans aucun doute des hauts fonctionnaires et plusieurs discours seront prononcés, mais la famille d'Emma, accompagnée de ses amis, observera tranquillement, d'un peu plus loin, toute cette agitation, fière de savoir qu'elle fait partie du grand nombre de personnes qui sont en vie aujourd'hui grâce à Mary Elmes et à des personnes comme elle.

Naturellement, Emma et Pierre ont été en contact ces dernières semaines ; il y avait tant de choses à faire et à discuter. Ils savent tous les deux qu'ils travailleront avec les réfugiés dans le futur. Emma a envoyé un article à Pierre portant sur des cours proposés à ceux qui veulent aider les réfugiés et les demandeurs d'asile. Le seul problème, c'est que ce sont des cours de master et qu'ils ne sont même pas encore en premier cycle à la fac ! Ce n'est donc pas pour demain. Feront-ils ce parcours ensemble ? Que dirait Mary Elmes si elle était encore en vie ? Si seulement ils pouvaient lui demander conseil !

REMERCIEMENTS

Merci tout d'abord à Bernard Wilson, qui m'a généreusement donné la permission de traduire son roman en français et de l'adapter à ma guise. Grâce à ce livre, Emma et Bernard font tous deux partie de ma vie depuis l'automne de 2019 et ont mené à d'autres rencontres exceptionnelles.

Merci aussi à Pierre Boi qui a eu la gentillesse, par amitié pour Bernard Wilson et générosité envers moi, de faire la première lecture de ma traduction et qui a fait une multitude d'excellentes suggestions et corrections du texte.

Merci de tout cœur à mes sœurs de sang et de cœur : Sylvia Avrand-Margot, qui a passé un si grand nombre d'heures à éplucher mes phrases pour s'assurer qu'elles « fassent bien français » ; Sophie Besse et Catherine Rosenberg qui, en faisant une toute dernière lecture du texte, ont trouvé encore quelques maladresses à revoir.

Et un dernier merci à mes deux autres rédactrices, Karen Ferreiras-Meyers et Héloïse Élisabeth Ducatteau pour leurs relectures minutieuses. Ce travail nous aura permis de nous rencontrer et, pour mon grand plaisir, de continuer nos échanges épistolaires.

Pour en savoir plus sur *L'énigme de la photo jaunie* et d'autres histoires de la Shoah: **lenigme-de-la-photo-jaunie4.webnode.com/**

Bernard S. Wilson est un professeur d'université à la retraite. Il est titulaire d'un *Bachelor of Divinity* (Hons) de l'Université de Londres et d'un *Master of Arts* en éducation de l'Université de Leeds. L'intérêt que porte Wilson à Mary Elmes et à son travail vient du fait qu'il a entrepris pendant sept ans des recherches qui ont finalement conduit à la découverte de détails montrant que Mary a sauvé des enfants juifs de la déportation au péril de sa vie. L'un de ces enfants, le professeur Ronald Friend de Portland (Oregon), a ensuite présenté ces informations à Yad Vashem, à Jérusalem, ce qui a permis à Mary d'être honorée à titre posthume comme « Juste parmi les nations » en 2014. Wilson est l'auteur d'un livre pour enfants publié en 2020, « Miss Mary ».

Marianne Seidler Golding est née en France en 1961. Elle s'est installée aux États-Unis à l'âge de 19 ans. Elle a obtenu son doctorat en littérature française à UCLA en 1997, après quoi elle a commencé à enseigner à Southern Oregon University. Ses recherches actuelles portent sur la Shoah et en particulier, sur le parcours de son propre père pendant la guerre, en tant que réfugié juif tchèque en France et en Suisse.